花嫁代行、承ります!

I undertake bride acting!

榛名 悠

YUU HARUNA presents

ガッシュ文庫
KAIOHSHA

イラスト／サマミヤアカザ

CONTENTS

本作品の内容はすべてフィクションです。
実在の人物・地名・団体・事件などとは一切関係ありません。

花嫁代行、承ります!

●1●

厳かな雰囲気の中、牧師が誓いの言葉を読み上げる。

「あなたは健康なときも、そうでないときも、この人を愛し、この人を敬い、この人を慰め、この人を助け、その命の限りかたく節操を守ることを誓いますか?」

——誓うわけないだろ!

北森奏多《きたもりかなた》は心の中で叫んだ。何が悲しくて、男相手にそんなことを誓わなくてはならないのだ。だが、ここで「誓いません!」と大声で叫べば、現場が混乱するのは目に見えている。そんなことにでもなったら「何でもやります」が売りの便利屋として失格だ。

今年二十八歳になるれっきとした男なのに、なぜか純白のウェディングドレスを着させられ、白いタキシード姿の男の横に立ち、誓いのキスを待っている。

もちろんキスをするフリである。依頼人もここに立っている花嫁が男だと承知した上でこのプランを持ちかけてきたのだ。しかし、フリとわかっていても緊張は避けられない。

何も知らない新郎が新婦のヴェールを持ち上げた。

端整だが何を考えているのかわからない新郎の顔がすぐ目の前にある。じっと見つめられ、心臓が悲鳴を上げた。

フラッシュバックのように過去の記憶が蘇《よみがえ》る。忌々しい男の唇、忘れたい高二の夏。思わず逃げ出したくなる衝動をぐっと耐える。完璧なメイクを施した顔が引き攣《つ》り、冷や汗がドッと噴き出す。ムリムリ、笑えない。——頼む、どうか最後まで気づかないでくれ。

こんな形でかつてのクラスメイトと再会するとは、想像もしていなかったのだ。

ことの発端は、便利屋【プーリッツ】に寄せられた一件の依頼だった。

依頼人は四宮史香《しのみやふみか》。近年急成長を見せているブライダル会社のやり手女社長だ。

三年前に彼女が就任して以来、下降の一途を辿《たど》っていた業績が一変したという。斬新なアイデアで細かな料金設定やプランの多様化を打ち出し、それをきっかけにメディアでも多数取り上げられ、今では業界トップクラスのシェアを誇っている。

カッカッとヒールを鳴らして颯爽《さっそう》と事務所に現れた彼女は、女優みたいなサングラスを外して言った。

「このたび、我が社の宣伝用に新たなＰＶ《プロモーションビデオ》を制作する企画があるんです。それに出演する花嫁役を探しておりまして。えっと……ああ、いたわ！　あそこでハムスターに餌をやっている彼！　是非彼にお願いしたいんです」

「……え？　お、俺？」

にっこりと微笑んで指名されたのが、どういうわけか奏多だったのである。

社長の熊谷《くまがい》率いる【プーリッツ】は、依頼があれば友人、家族、恋人役まで各種代行業をはじめ、不用品や部屋の片付け、草むしりに害虫駆除、ペットの散歩や旅行中の餌やりなど、基本的には何でも引き受ける町の小さな何でも屋である。

七年前に熊谷が個人で起業して以来、コツコツと地域密着型の丁寧な接客とサービスを提供し信用を得てきた。現在の社員数は、社長を含めて六人。ちなみに社名は、社長の学生時代のあだ名が由来になっている。見た目がマッチョなクマの癒やし系で、某クラッカー菓子を好んで食べていることから、そのあだ名がついたという話だ。

熊谷が戸惑いがちに訊《たず》ねた。

「ええっと、もう一度確認させていただきます。ご依頼内容はプロモモデルの派遣で、花嫁役──でしたよね？」

「はい」と、史香がきっぱり答える。

「……あのですね。彼は、北森といいますが……ああ見えて一応、男性でしてね」

熊谷が言いにくそうに告げる。チラッと確認するように奏多を振り返った。一応ってどういうことだ？　どこからどう見ても男でしょうが、社長！

「そこのところは、その……ご理解いただいているのでしょうか」

「もちろんです」

しかし、史香はすべて承知とばかりに動じなかった。「確かに、かわいい顔をしていますが、やはり男性ですね。普通にしていれば見間違うことはないです。でも、よく見て下さい。あの顔は絶対に化粧映えしますよ？　うちのスタッフの腕にかかれば驚くほどの美人花嫁に仕上がること間違いありません。先日、移動中に車の窓から彼を見かけた瞬間、ピンときたんです。私の探し求めていた理想のモデルが、すぐ横の歩道を走り去って行ったんですから。ねえ、君。三日前に黒猫を追いかけていたわよね？」

いきなり水を向けられて、奏多はびくっと背筋を伸ばした。三日前といえば、依頼を受けた迷子の黒猫を探して街中を駆け回っていた日だ。おずおずと頷《うなず》く。すると史香は接客用ソファから立ち上がり、カッカッとヒールを鳴らして奏多の前までやって来た。

女性にしては背の高い彼女は、ヒールを履くと百七十二センチの奏多よりも目線が上だった。嫣然《えんぜん》と微笑み、すっと右手を差し出す。

「よろしくね、北森くん。正規の依頼料にプラスして、同じ額をモデル代として別途支払うわ」

さすがやり手女社長、目の前に立たれると威圧感が熊谷の比ではなかった。有無を言わさぬ圧倒的な雰囲気は、最早女帝のそれだ。美貌の背後に、牙を剥きこちらを威嚇する豹《ひょう》の姿が見えるようだった。そして、その恐ろしい豹の背にちょこんと座る諭吉の姿も垣間見える。報酬が労力に釣り合わない仕事が多い中、こういうおいしい依頼は珍しいのだ。熊谷の目がキランと光ったのがわかった。

「……よろしくお願いします」

奏多は気づくと、彼女の滑らかな手を握っていた。

便利屋という職業は、普段は割に合わない仕事がほとんどだ。

花嫁の恰好《かっこう》をしてカメラの前に立つだけで二倍の料金が稼げるのなら、引き受けないわけがなかった。しかも、モデル料はそのまま奏多の懐に入れてもいいと社長が約束してくれたのだ。いつにも増して気合いが入る。花嫁役は初めてだが、仕事柄、女装は何度か経験済みなので、抵抗はさほどなかった。

【プーリッツ】には男性スタッフしかいない。

こういう仕事は、比較的小柄で女装姿も様になるという理由から、奏多に回ってくることがほとんどだ。

先月は女装喫茶からバイト派遣の依頼を受けてメイド姿で接客をしたし、社長の知人で人生初のデートを控えた三十路男の予行練習に付き合って彼女役をこなしたこともある。これも仕事だと思えば女装くらい何てことはない。コンプレックスだった元ミスコン優勝者である母親似の顔立ちも、この仕事に就くようになってからは気にならなくなった。むしろ利用価値があると割り切って親に感謝しているくらいだ。

奏多が史香社長からスタッフに紹介された時、案の定周囲はざわついた。人気モデルやタレントを起用する案もあったそうだが、どれも史香がお気に召さなかったそうだ。その社長がついに決まったと、ご機嫌で連れてきたのが奏多だったのである。

花嫁役が男と知って、みんな呆気《あっけ》に取られていたが、社長の言葉は絶対だ。深くは追及せず、すぐにプロの顔に戻りそれぞれが作業に入る様子はさすがだなと感心するばかりだった。依頼を引き受けた以上、奏多も期待に応える義務がある。

初打ち合わせから本番までの十日間、何着もウェディングドレスの試着を繰り返し、ヘアメイクの確認もした。別の仕事の合間に、史香がプロデュースしているエステサロンにも通い、おかげで何の手入れもしていなかった肌が今ではツルツルもちもちだ。

史香やスタッフとは入念な打ち合わせを重ねたが、肝心の花婿役には一度も会う機会がなかった。

どうやらとても忙しい相手らしい。モデル事務所に所属している売れっ子だろうか。彼は花嫁役の奏多が男だと知っていて、この仕事を引き受けたのか。疑問はいくつかあったものの、史香は心配しなくても大丈夫だと笑っていた。少しシャイなのよ。でもイイ男だから期待していて。本番にはきちんと現れるから、北森くんはとにかく花嫁役に徹してちょうだい。

別に花婿役の男がシャイだろうがイケメンだろうが、そんなことは奏多にはどうでもいいことだった。ただ、話が通っていない場合、男の花嫁にケチをつける相手だったら面倒だなと思っただけだ。

「実は今回の花婿役ね、私の弟なのよ」

史香がそれを明かしたのは、ＰＶ撮影当日、控え室で出番を待っている時だった。

すでに奏多はプロのヘアメイクアーティストの手を借りて、純白のウェディングドレスを身に纏《まと》った姿で鏡の前に立っていた。

簡単なメイク術なら奏多も習得済みだが、やはりプロの技は全然違う。もともと大きな目は、つけまつ毛のおかげで更に強調され、眉も綺麗《きれい》にカットしブラウンのパウダーで柔らかな女性らしい形に整えてある。アイメイクだけで随分と顔の印象が変わるものだ。唇にはぽってりとグロスが塗られ、頬はチークでほんのり薔薇《ばら》色。——我ながらよく化けたものだと思う。鏡に映る姿はどこからどう見ても女性で、ちょっと気持ち悪いくらいだ。

奏多は頭に乗せたティアラが落ちないように気をつけながら、振り返った。

「弟？ 弟さんはモデルなんですか？」

「ううん」史香が首を横に振った。「会社員よ。北森くんと同い年で今年二十八歳、独身。まあ、弟といっても血はつながってないんだけどね。親が再婚してお互い連れ子同士だから。私が大学生の頃で、あの子は高校生だったわね」

家庭の事情を聞いてもいいものかと戸惑ったが、彼女は気にしていないようだった。

「花婿役はちゃんとしたモデルさんがやるものだと思ってました」

「身内の欲目じゃないけど、弟はそこらのモデルや俳優にだって負けてないと思うわよ。何度もうちの広告塔にならないかってオファーをかけてるんだけどねえ。恥ずかしがりやさんで困っちゃうわ。密かに計画を立てても、勘がいい子で毎回逃げられちゃうし」

史香が時計を確認し、そろそろ行きましょうかとスタッフたちを促す。

「でも、今回はさすがに観念したみたい。こういう時のために、仕事で貸しを作っておいて正解だったわね。無愛想に見えて、そういうところは律儀だから」

スタッフに手伝ってもらって部屋を出た。史香を先頭に絨毯《じゅうたん》が敷き詰められた廊下をしずしずと歩く。

「弟さんと仲がいいんですね」

「うーん、どうかしらね。私は仲良しのつもりだけれど、あっちは鬱陶しく思っているのかも。まあ、私もいろいろとやらかしたし、わからなくもないけどねえ。息子がすごく懐いているのよ。だから、月に一度はうちの家族と一緒に食事をする関係」

史香が既婚者であることを初めて知った。

「北森くんは？　兄弟はいるの？」

「性格も趣味も全然合わない弟が一人。一緒にいても会話が続かないんですよね」

三つ下の弟はいわゆるエリートだ。部活の延長みたいに仲のよかった先輩に誘われて便利屋に就職した自分と違い、ビシッとスーツを着て大手企業に勤めている。二人とも実家を出ているので、顔を合わせるのは年に一回あるかないかだった。

「へえ、男同士ってそういうものなのね」

史香が意外そうに言った。

廊下を真っ直ぐ行くと、その先がチャペルだ。

撮影は彼女が経営するこの結婚式場で行われる。まだ新しい建物なので、白い壁が眩《まぶ》しいほどに輝いていた。ワインレッドの絨毯も落ち着いた色合いで、ところどころに飾ってある調度品も品が良く趣味がいい。史香の徹底したこだわりが窺《うかが》える。

「あら、タイミングがいいわね」

史香の声に視線を上げると、ちょうど前方のドアが開いたところだった。

「あれが、うちの弟——桐丘博臣《きりおかひろおみ》よ。北森くん、今日のあなたのお相手」

部屋から白いタキシードを身につけた男性が出てきた。

遠目にまず思ったのは、随分と背が高いということだ。隣にいる男性スタッフよりも頭一つ分ほど高い。同僚に百八十六センチの男がいるが、同じぐらいありそうだ。衣装の上からでもしっかりとした胸板や広い肩幅の持ち主だと知れた。しかし、暑苦しいほどに筋肉隆々というわけではなく、長い手足とすらりと引き締まった体型に正装がよく似合っている。一瞬、その堂々とした佇《たたず》まいに同じ男として見惚《みと》れてしまったほどだ。

更に、男性スタッフと談笑しているその横顔を見て、史香の言葉にも納得がいった。

奏多も職業柄、ホストに俳優の卵といった人並み以上の容姿を武器にしている知人がいるが、彼らとは纏う雰囲気からしてまったく違う。

前髪を綺麗に撫《な》で付けた新郎役の彼は、横顔だけでもその男性的な魅力が十分に伝わってくる美貌の持ち主だった。

秀でた額に、涼やかな切れ長の目、高い鼻梁《びりょう》。肉感的な唇。高い頬骨に余計な肉が削げたシャープな輪郭。逞《たくま》しく張り出した喉仏が上下する様子が目につき、思わず自分の喉元に手をやる。デコルテラインは繊細なレース素材で作られたハイネックで隠されているものの、露出したところで奏多の喉仏は彼ほどは目立たないだろう。距離があって聞き取れないが、低くていい声をしてそうだ。

そう思った時、ふいに彼がこちらを向いた。

「博臣」と、史香が軽く手を上げる。

真正面から見ると、本当に端整な顔立ちをしているのがわかる。同い年でも格差は歴然だ。いかにも人生を謳歌《おうか》してそうな色男――軽く嫉んでみたところで、ふと奏多は思考を停止させた。あれ、と本能で反応する。男の姿が危険信号のように脳裏で忙しく明滅し、何かを思い出しかけて、ごくりと唾を飲み込んだ。

「今日は逃亡せずにおとなしく着替えてくれたのね。似合ってるじゃない」

皮肉混じりに言いながら、史香が彼に歩み寄る。一方の弟は、あまり姉を歓迎していない様子だった。露骨に迷惑そうな表情をしてみせる。

「窓の外やトイレにまでむさ苦しい見張りをつけないでくれ。鬱陶しくて仕方ない」

「あんたがすぐに姿を眩《くら》ますからでしょう？　女性スタッフをまるめこんで逃げようたってそうはいかないわよ。今日はムキムキマッチョを用意したからね」

勝ち誇ったように史香が笑う。彼がうんざりといったふうに項垂れた。セットした頭髪を掻《か》き毟《むし》ろうとして、「崩れるでしょ」と史香に叱られる。彼は不満そうに顔を歪《ゆが》め、何か物言いたげな素振りを見せつつも、結局はため息に変えた。最後はもう諦めたらしく憮《ぶ》然《ぜん》として黙り込む。くっと眉根を寄せて、喉仏を軽く指先でつまむ仕草――。

ざあっと青褪《あおざ》めるのが自分でもわかった。

桐丘博臣。――名前を聞いただけではピンとこなかったわけだ。

当時は苗字で呼んでいたし、その苗字が変わっていては気づくはずもない。高校を卒業して十年が経ち、印象は大分変わったものの、よくよく見れば面影が残っている。綺麗に撫で付けている髪を無造作に散らし、人生経験を重ねた顔つきをずっと幼くして、当時の制服を着せれば、見る間にとある同級生の姿が浮かび上がってきた。

よりによって、何であいつがこんなところにいるのだ。

奏多は焦った。非常にまずい状況だ。まさかあいつが史香の弟だとは、想像の範疇《はんちゅう》を超えている。しかも今回の新郎役。もし事前にその情報を入手していれば、奏多はこの仕事を断っていただろう。それくらい、再会したくない相手だった。ましてや、こんな恰好をして十年ぶりに顔を合わせないといけないなんて——冗談じゃない。

会いたくない。当時のことを思い出したくないし、絶対に思い出してほしくなかった。

今すぐにでも逃げ出したい奏多の脳裏に、思い出したくもない風景が水泡のようにこぽこぽと蘇る。

水だ。バシャバシャと掻き分けて泳いだ水の感触。塩素の匂い。揺れる電車、二人だけの秘密。水、水、水。

「あの、大丈夫ですか?」

ハッと俯《うつむ》いていた顔を上げると、付き添っていた女性スタッフが心配そうに奏多を見ていた。「顔色がよくないです。どこか気分でも悪いんじゃ……」

「大丈夫です。それより、社長を呼んで下さい。あっ、俺の名前は出さないで」

緊急事態だと小声で告げると、神妙な顔をしたスタッフは「わかりました」と頷き、すぐに史香を呼び寄せてくれた。戻ってきた史香が「どうしたの」と、壁と向き合っていた奏多の顔を心配そうに覗《のぞ》き込んでくる。

「……マズイです」

「は？」

「四宮さん、ご両親は再婚だって言ってましたよね？　弟さんの前の苗字って紺谷《こんたに》じゃないですか？　紺谷博臣」

一瞬の間があって、察しのいい彼女が頷いた。

「そうよ、義母の旧姓は紺谷。北森くん、もしかして知り合い？」

ああやっぱりと、奏多は項垂れる。

「……高校の同級生です」

史香が目をぱちくりとさせた。

「あいつに、まだ俺の名前は言ってませんよね？」

「ええ、これから紹介しようと思っていたところだけど……びっくりした、そうなの？　だったらこの恰好で会いたくはないわよね」

「はい、できるなら。俺が男だってこともまだバレてないですよね？」

「完璧な変装だから、わざわざ男性だと明かす必要もないと考えていたし。名前は、北森カナで紹介しようと思ってたんだけど、別の名前にする？」

話が早くて助かる。史香が振り返り、博臣に先にチャペルへ移動するよう伝えた。こちらを見ていた博臣は、何かトラブルがあったのかと気にかけていたようだったが、すぐにわかったと答えて案内する男性スタッフと一緒に去って行く。

二人の気配が消えた途端、奏多は詰めていた息を一気に吐き出した。

「まさか、二人が知り合いだったなんてね。びっくりだわ」

史香がどこか面白そうに目を細めた。

「こっちもびっくりですよ。とにかく、俺の素性は黙っておいてもらえますか。女ということにしておいて下さい。仕事は、きっちりやらせてもらいますんで」

「了解。スタッフにも伝えておくわ。目的はあくまでPV撮影なんだから、あの子も花嫁役の正体なんてそんなに気にしないわよ。それにこの完成度だからね。ああ見えて、結構鈍いのよ。心配しなくても、どうせ気づかないわ。そういう子なの。余計なことには興味をもたないというか、特に人に関しては。まあ、人見知りっていうのもあるんだけど」

そういえば昔も、教室では大抵一人で本を読んでいたような気がする。

「博臣とは仲がよかったの？」

「……いえ。高二の時に、同じクラスだったってだけです。まあ、もう十年以上会ってないんで、むこうは覚えているかどうかも怪しいですけどね」

言いながら、忘れているはずがないだろうと確信していた。奏多にとって、当時のアレはかなり衝撃的な出来事だったし、いまだに何かの拍子にその時の記憶がまざまざと蘇ってくるほどだった。むこうにとっても、苦い記憶として残っているだろう。ファーストキスの相手が男だとか、黒歴史以外の何物でもない。

正体がバレたらどうしようかと博臣の隣に立ちながら気が気でなかったが、どうやらその不安は杞憂《きゆう》だったようだ。撮影はあっけないほど順調に進んだ。

一瞬、ひやりとさせられる場面はあったものの、基本的に博臣は与えられた役目をこなすこと以外興味はないようだった。史香の言った通りだ。クマガイヒロミと名乗った花嫁にも無関心。ちなみに偽名は、便利屋社長である熊谷の本名である。

博臣は終始淡々としていた。休憩時間も話しかけようとする素振りすらみせない。その徹底した態度はいっそ清々しいほどだったが、奏多は内心ホッとしていた。史香が最初に風邪気味で声が出ないと断ってくれたこともあって、低い男声を聞かれる心配もない。

それよりも、驚かされたのは博臣の現在の肩書きだった。

スタッフの話によると、史香の父親はあの桐丘グループの現社長であり、博臣は次期社長の椅子を約束されているというのだ。桐丘グループといえば、国内外でも有名な巨大複合企業である。金融に不動産から出版ビジネスまで幅広く手がけ、聞けば史香が仕切るブライダル会社も桐丘グループの子会社だというから驚きだ。

一人娘の史香は七年前に嫁いですでに四宮姓になっており、跡継ぎの博臣は弱冠二十八歳で専務の立場にあるという。

奏多は鼻白む。地味で目立たなかった十年前と比べ、随分と偉くなったものだ。

一日がかりだった撮影がようやく終了する。

控え室に戻った途端、緊張の糸がプッツリと切れてどっと疲れが押し寄せてきた。ドレスを脱ぎ、体を締め付けるものが何もなくなると、もうこのまま床に寝そべって眠ってしまいたい衝動に駆られる。それほど撮影中は気を張っていたのだ。

解放感を噛《か》み締めしばらく全裸で過ごしたかったが、スタッフは女性ばかりなのでそうもいかない。さっさと私服に着替える。

メイクを落とし、顔を洗っていると史香がやってきた。

「お疲れ様。すごくよかったわよ」

上機嫌で、奏多にタオルを差し出してくる。いつの間にか他のスタッフはいなくなり、部屋には史香と二人きりになっていた。

「博臣とはどうだった？　心配しなくても、まったく気づいてなかったでしょ」

「そうですね。ちょっと気になることはありましたけど、バレているわけではなさそうだったんで。とりあえず無事に終わってホッとしてます」

奏多はタオルで顔を拭きながら、一瞬肝が冷えた件の場面を思い出していた。ちょうどチャペルでの撮影を終えて、外に移動する時のことだった。何やら視線を感じて振り向くと、博臣がじっとこちらを見つめていたのだ。

――その首のホクロ、珍しいな。知人に似たようなホクロがあるヤツがいるんだ。

ぎくりとした。奏多の右の首筋には耳の下から三つ、三角形に並んだホクロがある。特

徴的なそれを指摘された瞬間、バレたと覚悟した。しかし、博臣は一方的に言うだけ言って、何事もなかったかのように一人先に行ってしまったのである。それが、無愛想な彼が唯一奏多にかけた言葉だった。

正体がばれたわけではないとわかって胸を撫で下ろしたものの、彼の言う『知人』というのが一体誰を指しているのかを考えると、動揺は治まらず、最後の方はとにかく早く終わることだけを祈っていた。

「これからみんなで食事に行く予定なんだけど、北森くんはどうする？」

史香に訊ねられて、奏多は申し訳なく思いながら答えた。

「すみません、パスさせて下さい」

「そうよね、了解」と、史香が残念そうに頷く。

「できれば、せっかく再会したことだし、これをきっかけにうちの弟と仲良くしてほしかったんだけど。あの子が友達と一緒にいるところを見たことがないのよ。帰国してからは父に振り回されて仕事ばかりで、さすがに姉として心配だわ」

「帰国？　どこか外国に行ってたんですか」

「あれ、知らなかった？　あの子、海外の大学を出てるのよ。まあ、それも再婚が決まってから父が強引に勧めたんだけれどね。頭のいい子だったから父に気に入られちゃって」

初耳だった。交友があったのは一時期だけだったので、その後の彼がどういう進路を選択したのかはまったく知らない。

「じゃあ、こっちはどう?」史香がなぜか声を潜めて訊いてきた。「あの子が高校時代に好きだった子のことなんだけど、北森くんは何か心当たりがないかしら?」

「は?」

「ちょうど高二の時よ。北森くんと同じクラスだった頃の話ね。食事で顔を合わせる機会が何度かあったんだけど、博臣のテンションのアップダウンが激しい時期があったのよ。もともと無口な方だったけど、何ていうのかしら、こう纏ってる雰囲気が物凄く浮かれているかと思えば、次に会った時は今にも死んじゃいそうなくらい落ち込んでたりしてね。あまりにも暗かったから、気になって何があったのか訊いたのよ。いつもは無愛想でちっとも可愛げのない子が、その時ばかりは素直に話してくれたから意外に思ったのを覚えてるわ。そしたらあの子、失恋したって」

奏多は思わずごくりと生唾を飲み込んだ。史香が続ける。

「びっくりするじゃない? だって、本当に掴《つか》みどころのない子で、両親の前ではいい子ぶってたけど、私にはまったく心を開こうとしないようなヤツだったのよ。年の割に冷めてて、妙に物分かりのいい子でねえ」

そんな男子高校生が惚れた女の子というのは一体どんな子なのかと、史香は興味津々に問い詰めたのだそうだ。だが博臣は、それ以上は頑として口を割らなかったという。

「結局、失恋相手のことは何もわからずじまいよ。だけど、当時のあの子は相当へこんでたわね。思わずこっちがガラにもなく励ましちゃったくらいだもの。まあ、もう十年以上も昔の話なんだけど」

懐かしげに目を細めて、ふいにぽつりと言った。

「何となく、まだその子のことを引き摺《ず》ってるんじゃないかと思うのよ」

びくっと、奏多は思わず体を揺らした。史香は気づかなかったのだろう。顔を引き攣らせる奏多の様子にはお構いなしに先を継ぐ。

「ほら一応、桐丘グループの後継者じゃない？　当然、見合い話もたくさんあるわけよ。でも博臣は片っ端から拒むし、特定の恋人もいないらしいし。まあ、そうは言っても女性の影はちらほらあったみたいだけどね。どれも長続きしないというか、そもそも最初から本気で付き合っているわけじゃないから、来る者拒まず去る者追わずってところかしら。そういうあの子の生き方を見ていると、私としては、どうしてもあのピュアな失恋話を思い出しちゃうのよねえ。北森くんはどう思う？」

急に水を向けられて、奏多は一瞬どう返していいのか焦った。

「……ど、どうと訊かれても。俺は、あいつのことをあまりよく知らないんで」

史香がきょとんとしたように目を瞠《みは》った。

「ああ、そっか。そうだったわね。ただのクラスメイト相手にベラベラと自分の恋愛談を語るバカはいないか。あの子の性格上、相談できる友達もいなかったのかもしれないし。ごめんなさいね、今のは聞き流してちょうだい」

今更聞き流せと言われても無理な話だった。

先ほどから心臓が早鐘を打つかのように鳴っている。記憶の底に封じていた過去がふつふつと水泡を吐き出しながら、ゆっくりと表層に浮き上がるようにして蘇ってくる。

動揺を悟られないよう、奏多は拭いたばかりの顔にタオルを押し当てた。カツカツとヒールの音が近付いてくる。「友達といえば」と、史香が思い出したように言った。

「昔、一度だけ博臣が友達と一緒にいるところを見たことがあったわ。桐丘《うち》グループの系列ホテルの会員制プールに連れて来ていたのよ」

タオルに顔を埋めたまま、奏多は咄嗟《とっさ》に息を詰めた。

「父はホテルの施設は好きに使っていいと言ってたけど、普段はあまり興味がなかったみたいだから。でもその時は、珍しく父に頼んだと聞いたわ。水泳の練習をしたいんだって言ってたような気がする。どんな子だったかしら？　遠目に見かけただけだから……」

心臓が変なふうにざわめいていた。

史香の何気ない昔話は、奏多にとって酷く心当たりのあるものだったからだ。当時、彼が恋心を抱いていた人物を、自分は少なくとも一人知っている。そして、一緒にホテルのプールを使用した友人というのも嫌になるほど身に覚えがあった。

何を隠そう、奏多がその博臣を振った張本人であり、彼に水泳のコーチを頼んだ友人でもあるのだから。

●2●

十六歳の奏多《かなた》は、夏を目前にして憂鬱な日々を送っていた。

もともと水泳が苦手だったが、ある出来事をきっかけに益々水が駄目になった。中学の頃、友人たちとキャンプに出かけ、悪ふざけが過ぎて川で溺れかけたのだ。それ以降、水に潜ることすら怖くなった。

運がいいことに、進学した高校では水泳授業がなかった。プール自体はあったが、老朽化が進み、修理が必要という理由で体育のカリキュラムから丸々カットされたのだ。

しかし、内心ガッツポーズをして浮かれていられたのは最初の一年間だけだった。春休みを待たずに工事が始まり、二年生になった五月、改装されたプールになみなみと水が張られているのを目の当たりにした奏多は茫然《ぼうぜん》と立ち尽くした。

六月に入れば、週四時間ある体育のうち三時間が水泳に切り替わる。そこから夏休みまでの約二ヶ月、地獄だ。絶望的な気分になる。

いつもつるんでいる友人たちですら、奏多がカナヅチだとは誰も知らない。昨年の夏休みも、仲間内でアミューズメントプールに遊びに行く計画を立てたが、奏多だけは用事ができたとウソをつき参加しなかったからだ。

困った。遊びならどうにか誤魔化せる。だが学校の授業となると、さすがに毎回見学では怪しまれるだろう。陸の上ならどの競技も人並み以上にこなす自信があった。しかし、陸から水の中に場所を移した途端、みっともなくもがき溺れる姿をみんなに晒《さら》してしまう未来が容易に想像できる。泳げないなんてかっこ悪い。

散々悩み、学校帰りに市営プールに通う決心をしたのは、五月も下旬に差し掛かった頃だった。しかしその結果、新たな悲劇が起こってしまったのである。

平日四時過ぎの市営プールは、思ったよりもすいていた。

奏多は邪魔にならないようプールの端に寄り、恐る恐る足を浸けた。

海水パンツを身につけるのも久々ならば、浴槽以外で胸まで水に浸かるのも久々だ。ひやりとした水温に思わず身震いする。すでに心臓がドキドキしていた。

顔を水に浸けるくらいは可能。しかし、頭まで一気に潜るのは抵抗がある。プールサイドに座り足を浸すだけでも怖かった当時と比べたら、これでも水への恐怖心は大分克服した方だ。両足は床についているし、壁に掴まって潜れば大丈夫。そう頭では思っても、なかなか実行に移すまで時間がかかった。

貸し出し用のビート板を使ってしばらくバタ足を繰り返す。二十五メートルプールを何とか時間をかけてゆっくり一往復すると、少し余裕が出てきた。

もう一往復してみよう。思い切って壁を蹴った。

プール底の黄色い五メートルラインを越えたところで、なぜか急に動きが止まった。おかしい。必死に足をばたつかせているのに、ビート板がまったく前に進まなくなってしまったのだ。鼻と口からぶくぶくと泡が漏れる。キック力が弱いのかもしれない。しばらくの間、根気よくバタ足を続けていたが、とうとう限界がきた。

「ブッふぁあっ」

足をつき、水面から勢いよく顔を上げて思いっきり空気を吸い込む。ぜいぜいと呼吸を繰り返し、ゴーグルを額まで引き上げて水が滴る顔を両手で拭った。

そこで初めて、ビート板の先に人が立っていることに気づく。道理で進まないわけだ。

「わっ、すみません」

奏多は男性の腹筋に突き刺さっているビート板を慌てて胸元に引き寄せた。真っ直ぐ泳いでいるつもりだったが、もしかしたら他人の進路を邪魔してしまったのかもしれない。頭を下げて、急いで踵《きびす》を返す。その時だった。

「北森《きたもり》？」

ぎくりとした。まさかこんなところで名前を呼ばれるとは夢にも思わない。——誰だ？

恐る恐る振り返って、奏多は心の中で悲鳴を上げた。

「……紺谷《こんたに》！」

そこに立っていたのが、よりによって知り合いだったからだ。しかも、顔と名前がどうにか一致する程度の、ほとんど親交のないクラスメイト。

だが来月には、同じ時間に水泳の授業を受けているはずで、こんなところでこそこそと泳ぎの練習をしている姿を絶対に目撃されたくない相手だった。激しく動揺する。水の中なのに体中の毛穴が開いて汗が噴き出すかのようだ。

「偶然だな。北森も泳ぎにきたのか」

落ち着いた低い声に問われて、奏多は引き攣り笑いを浮かべるしかなかった。

「ああ……ま、まあな」

紺谷の目線がチラッと奏多の胸元をとらえる。ひっと内心で声を上げ、慌ててビート板を背中に隠した。カナヅチがバレたかもしれない。水を挟んで向かい合う二人の間に、気まずい沈黙が横たわる。

紺谷がふいに口を開いた。何を言われるのかと、心臓をバクバクさせながら身構える。

「……それじゃ」

彼はくるりと広い背中を向けた。予想外の行動だった。

「え？　ちょっ……」

奏多は一瞬、呆気にとられる。しかし、視線の先で逞しい肩甲骨がしなやかに動いたかと思うと、紺谷はイルカのように背を丸めてざぶんと水中に消えてしまった。

気づくと彼は水の中をゆらゆらと潜水し、数メートル先の水面に浮き上がってくる姿が目に入る。奏多は咄嗟に持っていたビート板を投げつけた。絶妙なコントロールで、ぷかっと飛び出た紺谷の頭の上にビート板が落ちる。

「――？」

不審げに立ち上がった紺谷に、奏多は懸命に水を掻き分け近寄った。

「ちょ、ちょっと待ってくれ」

紺谷が振り返る。驚いたように軽く目を瞠る彼を、奏多は斜に睨《ね》め上げた。教室では意識して見ないと視界に入らないような存在感のない男だが、近付くと思った以上に上背があって驚く。着痩せするタイプなのか、筋肉もしっかりとついていた。

「この事は誰にも言うなよ」

「この事？」

「だから、俺がその……泳ぎの練習をしてるってことだよ。こんなことをクラスの連中に知られたらかっこ悪いだろ。もうすぐ水泳の授業が始まるし」

「北森は、水泳が苦手なのか？」

純粋な問いかけが返ってきて、一瞬言葉に詰まった。

「……だったら何だよ。笑いたきゃ笑えよ。でも、学校では絶対に黙ってろよな」

しかし、紺谷は真顔で首を傾げてみせた。

「いや、別に笑うことじゃないだろ。誰にだって苦手なことはあるんだし」

そんなふうに冷静に否定されると、どうしていいのかわからなくなる。会話が途絶え、再び沈黙が落ちた。

じっと向かい合う紺谷は、奏多が引き止めた以上、動くに動けないのだろう。困惑しているようで、手持ち無沙汰に喉仏を摘まんだり擦ったりしている。気まずい様子がありありと伝わってきた。奏多もこれ以上話すことが思いつかない。

「じゃ、じゃあ。そういうことで……」

逃げるようにして背を向ける。その時、「北森」と呼ばれた。

「よかったら、俺が教えようか」

「え？」

奏多は思わず振り返った。一瞬自分の耳を疑ったが、じっとこちらを見ている紺谷は真摯な物言いで告げてきた。

「泳ぎの練習をしているんだろ？　自慢できるほどの記録を持っているわけじゃないが、俺もそこそこ泳げる。たぶん、コツくらいは教えることができると思う。一人でやるより効率はいいと思うけど」

「――――！」

地味で目立たないクラスメイトの印象が一変した瞬間だった。


紺谷との水泳特訓は、毎日放課後に市営プールで行われることに決まった。

帰り仕度をしていると、いつもつるんでいる友人が遊びに行かないかと誘ってきた。

「あー、ごめん。ちょっと用があって急いでるから。じゃあな、また明日」

断って教室を飛び出すと、自転車に跨《また》がり、通学路を逸れて自宅とは反対方向にある市営プールに急ぐ。紺谷はまだ教室にいた。一瞬だけ目が合ったが、あえて喋《しゃべ》りかけることはしない。学校内では各々普段通りに過ごし、下手に接触はしないよう気をつける。もともとグループが違うし、急に仲良くなったらそれこそ周囲に変に勘繰られてしまう。そうなって一番困るのは奏多だった。

——俺がお前とここで特訓してることは、二人だけの秘密だからな。

紺谷も了承してくれた。寡黙な男だから、べらべらと言いふらす心配はないだろう。それまでは地味で目立たないクラスメイトの一人と一括りにしていたが、改めて付き合ってみると、同い年にしては随分と落ち着いていてどこか大人びた雰囲気のある奴だった。軽薄なイメージは一切無く、信用できる相手だと、今日一日遠目に観察して結論付ける。

それにしても、奏多が見ていた限りでは、他人と言葉を交わした時間はトータルで五分にも満たなかった。友達が少ないのは想像通りだ。休憩時間は自分の席で本を読んでいるか、机に突っ伏して寝ている。周囲から弾かれているというわけではなく、あえて自分から一人になりたがっている感じだった。奏多みたいに友人たちと集まってわいわい騒ぐような関係性は苦手らしい。

誰もいない更衣室で着替えていると、しばらくして紺谷が姿を現した。

「よう、遅かったな」

「提出物があって職員室に寄ってから来たんだ。北森は早いな。自転車だから途中で追いつけるかと思ったんだが、無理だった」

紺谷が一番端のロッカーを開けて荷物を押し込む。奏多の周りのロッカーがまだ空いているのに、あえて一番遠い場所を選ぶ心理がよくわからなかった。紺谷との付き合い方がいまいちよく掴めない。

あまり距離を詰めすぎると引かれるような気がして、声をかけるタイミングも迷う。

黙々と着替える背中をじっと見つめていると、紺谷の方が先に口を開いた。

「……やめてくれないか」

「え？」

チラッと振り返った紺谷が、困惑したような顔で言った。

「今日、ずっと俺のことを見ていただろ。秘密をばらさないように見張っていたのかもしれないが、視線が痛かった。心配しなくても、俺は約束は守るから」

「あっ」奏多は焦った。「わ、悪い。俺、そんなにあからさまだったか？　ごめん、悪気があったわけじゃなくて」

まさか気づかれていたとは思わなかった。不自然なほど目が合った記憶もない。

「えっと、その、同じクラスだけど、俺はあまり紺谷のことをよく知らないし。それで、どういう奴なのか気になって。けど、気を悪くしたなら……ごめん」

被りかけていた水泳帽を握り締めて謝った。紺谷が面食らったように目を瞬かせる。

「いや、気にしてくれるのは嬉《うれ》しいんだが、その……そわそわしてしまって、落ち着かなくなる。人の視線に慣れていないんだ。北森に見られていると思うと緊張して、今日はやたらと手が滑っていろいろ落としてしまったから」

「……ああ、そういえば、シャーペンとか落としてたよな」

紺谷を観察中に、そのような場面を何度か目撃した。シャーペンに消しゴム、文庫本。大雑把な自分にはよくあることなので特に気にしていなかったが、あれはそういう理由があったらしい。クールなイメージがあっただけに、思わずプッと吹き出してしまった。

「ああ、悪い。紺谷ってさ、基本が無表情だろ？　涼しい顔してそんなこと考えてたのかと思うと、おかしくて」

「……そんなに、おかしかったか？」

「うん、面白い」奏多は笑って頷いた。「実はさ、特訓を頼んだのはいいけど、会話がないと正直キツイなって心配してたんだよ。けど、何だか思ってたのと違うよな、紺谷って」

「……違うというのは、悪い方に？」

「いやいやいや、今の話の流れで何でそうなるんだよ。いい意味に決まってるだろ」

歩み寄って、紺谷の広い背中をパンッと軽く叩《たた》いてやった。

「昨日も思ったんだけど、紺谷っていい体してるよな。スゲー、腹筋バキバキに割れてるじゃん。かっこいいな、何かやってるのか？」

「いや、特には」

「何もしてなくてこれ？　いいなあ、この筋肉。俺にもちょっと分けて欲しい」

鍛えられた上半身をまじまじと見つめ、興味津々にペタペタと触る。紺谷が戸惑うように身を捩《よじ》らせた。無遠慮な奏多の手を掴み、困ったみたいに顔を歪ませる。長めの前髪を上げると、意外にも整った顔立ちをしていることに気づく。すっと切れ長の目元がほんのり朱に染まっていた。

「……北森はこういうじゃれ合いも普通なんだろうけど、俺は慣れていないんだ。その、あまり引っ付かれると、どういう対応をしていいのかわからない」

真面目にそう言って寄越した彼に、今度こそ大笑いしてしまった。


紺谷の教え方は丁寧で根気強かった。

ビート板が手離せなかった奏多を褒めて調子に乗らせ、手取り足取り、毎日辛抱強く付き合ってくれた。そのおかげで水面に顔をつけるだけで精一杯だったのが、難なく頭まで潜れるようになっていた。このまま頑張れば、本当に泳げるようになるかもしれない。

しかし、特訓一週間目。ちょっとしたアクシデントが起こった。

いつものように紺谷の指導を受けていると、プールサイドを見覚えのある顔が歩いていたのだ。同じ学校の同級生。クラスは違うものの、二組合同の体育で顔を合わせるのでお互い知っている。先日のサッカーで一緒のグループになったばかりだった。

「紺谷、ヤバイ。三組の松田《まつだ》がいる」

「……本当だ。こっちには気づいてない。サウナに向かうみたいだから、そっちから回って一度更衣室に戻ろう。俺が壁になるから、上がれるか？」

紺谷がピンクのビート板を脇に抱える。松田がサウナに入るのを見計らって、奏多は急いでプールサイドに上がった。紺谷も上がり、奏多を自分の体で隠すようにして歩き、二人は急いでその場を後にしたのだった。

せっかくの特訓場所に顔見知りが出入りしていると知っては、安心して練習に集中できない。

「これからどうする？」

紺谷に問われて、奏多は悩んだ。近場で一般市民が利用できるプールはここくらいだ。

「そうだな。どこかに、いい練習場所があったらいいんだけど……」

思わず漏らした独り言だった。

しかし翌日、紺谷は予想外の方法でそれを実現してしまったのである。

「デパートの福引きで、家族がプールの回数券を当てたんだ。俺がもらったから、今日からそっちに練習場所を移さないか」

珍しく校内で紺谷に呼び止められたかと思えば、そんな天から降って湧いたような話を聞かされたのだ。しかも、公営プールではない。高級ホテルの会員制プールだと聞いて目を丸くする。

「い、いいのかよ。そんなところに一介の高校生が泳ぎに行っても」

「別に、利用者資格なんて書いてないし平気だろ。こんなものが当たっても一人では通えないし、北森が一緒なら俺も行ってみたい。それに、あのプールだと落ち着いて練習ができないだろ？　せっかくコツを掴みかけてきたのに、集中できないのはもったいない。俺は、隣町でもどこでも北森が泳ぎやすい場所なら付き合うつもりだったから」

驚いた。紺谷が思った以上に自分のことを考えてくれていると知って、嬉しかった。

「行く。行こうぜ！　俺、絶対に泳げるようになってみせるから」

特訓に付き合ってくれる紺谷のためにも、意地でも水泳の授業が始まるまでには泳ぎをマスターしたかった。

その日の放課後、奏多は友人の誘いを断って待ち合わせ場所に急いだ。最近付き合いが悪いとブツブツ文句を言われたが仕方ない。今はこっちが最優先だ。いつも通り別々に教室を出た紺谷と駅で合流し、一緒に電車に乗った。

「――つーかさ、同じクラスなのにわざわざ駅で待ち合わせっていうのも変な話だよな」

もとは自分が言い出したことだが、何だかもうそれもどうでもよくなっていた。

「だけど、北森は俺と一緒にいるところを誰かに見られたら嫌だろ」

「は？　何で」

「さっきも、教室を出る時に揶揄《からか》われてたじゃないか」

「ああ、彼女ができたとかどうとかって？　んなわけないじゃん。こっちは必死で水と格闘してるってのに」

「一緒にいるのが俺だとわかったら別の意味で揶揄われそうだ。俺は、クラスの中でも浮いているから」

意外だった。そういうことは気にしない奴だと思っていたのだ。他人の評価に興味はなく、一人が怖くて群れている連中をどこかバカにしていそうだとすら思っていた。

「俺は、昔から集団に入るのが苦手なんだ」

電車に揺られながら、紺谷がぼそっと言った。「親の引っ越しが多くて、人見知りな性格もあってか、なかなか輪の中に入るタイミングが掴めない。子どもの頃は一人遊びばかりしていた。今も正直、一人で本を読んでいる方が落ち着く」

「……そっか。俺はお前の読書の時間を奪って連れ回してるんだよな。なんか、ごめん」

しゅんと落ち込むと、紺谷が珍しく狼狽《うろた》えて「いや、そういう意味じゃない」とかぶりを振る。「こんなふうに、学校の友達と放課後まで一緒に行動するのは初めてだから、実は楽しくてちょっと浮かれている——という話をしたかったんだ」

意外すぎる言葉に奏多は思わず吹き出し、電車の中なのも忘れて大笑いしてしまった。

「北森、大声を上げすぎだ。そ、そんなにおかしいか？」

「……くくっ、お前さ、見た目と中身のギャップがありすぎ。浮かれてるとか言って、全然顔は浮かれてないし。むっつりして無表情だから、こっちは迷惑してるのかなって不安になっちゃうじゃん。もっと笑えよ。けど、そういうとこ、俺結構ツボかも。まさかこんな面白いヤツがうちのクラスに潜んでいたとはな。紺谷と友達になれてよかったよ」

「…………」

ふいに紺谷が顔を逸らした。窓の外を睨《にら》みつける横顔が、ほんのり赤く染まっている。

「あ、今ちょっと照れてるだろ」

「……そんなことはない」

「ウソつけよ。案外かわいいヤツだな、紺谷って」
肘で脇腹をつつくと、紺谷が首を擦りながら困ったように小さく唸《うな》った。

名前だけはよく知っている高級ホテルの会員制プールは、中途半端な時間帯のせいか貸し切り状態だった。

奏多がトイレに行っている間に、紺谷がすべて手続きを済ませておいてくれた。次回からは提示するだけで入れるからと、フリーパスを受け取る。初めて体験する高級感にそわそわする奏多と違い、紺谷が妙に堂々として見えるのはそのポーカーフェイスのせいだろうか。浮つく自分と比べて、酷く頼もしく思えてしまう。

設備の整った広いプールで、いつも通り紺谷にみっちりと扱かれた。あまり日にちがないため、紺谷の指導が徐々にスパルタになっていくのも、奏多を一層奮起させた。帰りの電車ではついうとうとと眠気に誘われ、紺谷に起こしてもらうこともしばしばだった。

そんなふうに秘密の特訓を重ねた甲斐《かい》あって、六月に入った頃には何とかクロールの恰好で二十五メートルプールの半分くらいまでは泳げるようになっていた。

いよいよ水泳の授業が始まった。といっても、授業では水泳部のように延々と泳がされるわけではない。各自自分のペースで決められた距離を泳ぐというものだ。みんな適当に手を抜き、奏多も休憩を挟みながらどうにか誤魔化し誤魔化し泳いで乗り切った。プールの底に足をつくたびに、心配そうに見守っている紺谷と何度も目が合ったのがおかしかった。奏多よりも、よほど紺谷の方がハラハラしていたのかもしれない。

秘密の特訓は続き、目標を来月のテストに定め直した。全員が五十メートルのタイムを計ることになっている。まだ二十五メートルも危うかった奏多は、とにかく紺谷に付き合ってもらって毎日プールに通い詰めた。

初めて一度も足をつかずに五十メートルを泳ぎ切ったのは、七月に入ってすぐのことだった。その時の達成感はおそらくこの先も忘れられないと思う。マイナスからのスタートをここまでプラスに変えられたことがこれ以上なく嬉しくて、思わず紺谷に抱きついて喜んだ。紺谷も珍しく興奮していて、彼があれほどの笑顔を見せたのは初めてだった。

「いよいよ明日がテストだな」

ストップウォッチを見つめた紺谷が言った。一度泳げるようになると体が感覚を掴んだのか、途中で足をつくこともなくなっていた。あとはひたすらタイムを上げることに専念して、紺谷の指導を仰ぎ続けた。その最後の記録がストップウォッチに表示されている。

「やったな、今までの最高記録だ」

「よっしゃ！」

決して早いとは言えない凡タイム。しかし奏多にとってはワールドレコード並みの価値がある。全力を出し切った心地よい疲労感を抱えつつ、壁にもたれて呼吸を整えた。

「これなら、明日も大丈夫そうだな」

プールサイドから飛び込んだ紺谷が、軽く頭を振って水滴を飛ばした。髪を掻き上げる仕草が様になっている。こうやって見ると、やはり紺谷は女好きのする男らしい整った顔立ちをしている。学校では冗談みたいにぱったりと気配を消しているので、もったいないなと思った。そろそろ教室でも話しかけてみようか。これまでも何度か考えたのだが、奏多がというよりは、紺谷の方があまりそれを望んでいないように思えてしまい、声をかけるのは躊躇《とまど》われた。二人きりになるとこんなに話してくれるのに、学校ではまるで何もなかったかのように素っ気無い。奏多が話しかけることで、クラスの連中も紺谷に近寄りやすくなるのではないか。女の子も彼の魅力に気づくかもしれない。

だが、果たしてそれを紺谷が望んでいるのかどうかはまた別問題だ。

水を掻き分けて近寄ってきた紺谷が「北森？」と、心配そうに首を傾げた。

「どうした、ぼんやりして。疲れたか」

「いや、水も滴るいい男だなと思ってさ」

一瞬、紺谷が面食らったような顔をする。

「……そのセリフ、北森にそっくりそのまま返す」

「は？　何で俺？　お前に言われるとイヤミに聞こえるんだけど」

冗談めかして笑うと、紺谷は「いや、そんなんじゃなくて……」と、困ったように喉仏を摘まんでいる。癖だろうか、彼のその仕草はよく見かけた。困ったり照れたりすると、決まってそこを触るのだ。この一ヶ月半、相手の些細《ささい》な癖に気づくほど毎日一緒にいたのだなと思うと、さすがに感慨深い。

奏多は隣に立つ紺谷を見つめた。

「あのさ紺谷、今日までずっと俺に付き合ってくれてありがとうな」

紺谷がハッとしたようにこちらをむいた。

「……いや、俺は別に何も。頑張ったのは北森だろ」

「優秀なコーチがいてくれたからだよ。市営プールで偶然鉢合わせた時は、サイアクだって思ったけど、今思うと、あの時にあそこにいたのが紺谷でよかったよ。じゃなきゃ、俺はここまで泳げるようにはならなかっただろうし。何だか、今日で特訓も終わりだと思うとちょっと寂しくなってきた」

「………………」

「本当、感謝してる。ありがとうな、紺谷……」

その時、すっと頭上に影が差した。と思った次の瞬間、唇が何か柔らかいものに覆われる。目の前には、視界からはみ出すほど広がった紺谷の顔。

「――!」

何をされたのか理解すると同時に、裸の胸板を思いきり突き飛ばしていた。

紺谷の体が水中でバランスを崩し、壁に背をぶつける。構わず、奏多は咄嗟にプールサイドに両手をつき水から体を引き上げた。紺谷が慌てて後に続こうとする。

「北森、待ってくれ……」

「こっちに来るな！」

奏多の怒鳴り声に、紺谷がびくっと体を震わせた。一旦引き上げた彼の体が、重力に引き摺り戻されるようにして水の中に落ちる。

力なく立ち尽くす紺谷を、奏多はプールサイドから睨み下ろした。

「……お前、何なの？　この状況でキ、キスとかありえねえだろ。冗談だったら全然笑えない。人が感謝して礼を言っている時に、ふざけてんのかよ！　――っ、ていうかさ。まさかお前、男が好きだとか言い出さないよな？」

ハッと蔑み笑おうとして、顔が引き攣った。唇が歪んだだけで嘲笑すらまともにできない。それほどショックが大きかった。頭が酷く混乱している。水面から見上げてくる表情の読めない顔に苛立ちが込み上げる。紺谷が何を考えているのかまったくわからない。

「いや」と、紺谷が首を左右に振った。

「それは違うと思う。俺は、他の男に興味があるわけじゃない。北森が初めてなんだ。男女問わず誰かをこんなに好きになったのは、北森が初めてだから」

思わず凝視してしまった。紺谷は初めて見せるような切羽詰まった眼差しをじっとこちらに向けてくる。彼の喉元が一度大きく隆起するのがわかった。ゆっくりと口を開き、一言一言を噛み締めるみたいにして静かに言葉を紡ぐ。

「ふざけてなんかいない。北森にありがとうと言われて嬉しかった。だけど、これでもう二人きりで会うこともなくなるのかと思うと我慢できなかった。今、この気持ちを伝えないと駄目だと思った。キスは、冗談なんかじゃない。俺は、本気でお前のことが……」

「言うな！」

考えるより先に怒声が口をついて出た。

「お前、どうかしちゃったんじゃないの？　いきなり何おかしなこと言い出してんだよ。気持ち悪い、……マジで、ふざけんなよ」

「ふざけてなんか――っ」

奏多はプールサイドの縁に溜《た》まっていた水を思いっきり蹴り上げた。水飛沫《みずしぶき》が降りかかり、紺谷が思わずといったふうに顔を背ける。

「だったら何？　もしかして、最初からそのつもりで俺に近付いたのか？　やらしい下心満々で今日まで俺の特訓に付き合ってたってのかよ。わざわざ時間を割いて泳ぎを教えたんだから、その見返りをくれって？　それでキスか？　ふざけんな、この変態！」

もう一度水を蹴り上げて、紺谷が怯《ひる》んだ隙に踵を返した。そのまま二度と振り返らずに更衣室へ駆け込む。さすがにもう追いかけてはこなかった。

シャワーも浴びずに着替えながら、悔しくて涙が溢《あふ》れてきた。

仲良くなれたと思ったのだ。最初から彼とは性格が合わないと決め付けていた自分を恥じて、熱心に奏多を指導してくれる紺谷の人柄をもっと知りたいと思った。まさかその裏で、あの男が奏多に邪な感情を抱いているなんて考えてもみなかった。自分が友情を芽生えさせていた相手から、ずっとそういう対象として見られていたことが悔しい。酷い裏切りに遭った気分だった。

「……くそっ、サイアクだアイツ……っ」

タオルを鷲掴《わしづか》み、プールの中で紺谷に触れられた肩や腕を肌が痛くなるほど擦る。

気持ち悪い、気持ち悪い、気持ち悪い――あんな奴、もう二度と口もききたくない！

顔も見たくなかったが、同じクラスなのでふとした瞬間に、視界の端に入ることは避けられなかった。

そういう時はなるべく意識しないようにしたし、教室や廊下で目が合った時は、徹底的に無視した。紺谷はいつだって何か物言いたげな目で見てきたが、気づかないフリを決め込んだ。自業自得だと心の中で毒づく。お前なんかを信用した俺もバカだった。

水泳のテストでは、自己ベストとまではいかなかったが、無事に最後まで泳ぎ切った。タイムもまずまずの記録が出て、ホッと一安心だった。

紺谷とは目も合わせず、会話も交わさなかった。同じプールサイドのどこかにいるのだから、奏多の泳ぎを見ていただろう。何となく、一つだけ露骨な熱視線を肌に感じていた。だがそれはいやらしいものではなく、親心のようで心配性の男の気持ちが伝わってきた。

結果はきちんと出した。ここまで上達できたのは悔しいがすべて紺谷のおかげだ。それに関しては本当に感謝している。とにかくこれで恩は返した。

紺谷との関係は、市営プールで知り合う以前のものに戻っていた。

同じ教室にいても、互いに自らかかわろうとはしない。秋になり冬を迎え、春が来る。

三年になるとクラスは離れ、その後も一切かかわることなく、奏多は高校を卒業した。

あの時のことを、彼は覚えているだろうか。

忘れるはずがないかと、奏多も苦い気持ちで思い返していた。

彼の言葉を信じるなら、初恋だったはずだ。いろいろと葛藤もあったに違いない。散々悩んで告白したあげくに、あんな仕打ちを受けたら、奏多なら人間不信になるかもしれないなと今更ながらに後悔の念が込み上げてくる。しかも一番多感な思春期だ。

便利屋の仕事をはじめてから、奏多にも様々な出会いがあった。その中には同性愛者の人たちもいて、現在も仕事上の付き合いがあったりする。

今の奏多なら、当時十七歳だった彼がどれほどの勇気を振り絞って自分の気持ちを伝えようとしていたのか、相手の立場になって想像することができる。

あの頃の奏多はまだ十六歳で、自分のことだけしか考えられず、ただただ彼を傷つけることしかできなかった。そうやって彼を罵り徹底的に否定することで、自分を正当化しなければいけないという強迫観念のようなものに追い詰められていたのだと思う。

奏多の存在が、その後の彼の性格や性癖に何らかの影響を及ぼした可能性がまったくないとは言い切れない。

しかし、あれからもう十年以上も経っているのだ。いまだに当時の恋愛を引き摺っているということはさすがにないだろう。史香の話によれば彼には女性の影がちらほらあったそうだし、同性愛者というわけでもなさそうだ。あのルックスと肩書きなら奏多とは比べものにならないほどとっかえひっかえ経験を積んできただろう。見合いや結婚はただ単に、まだそういう時期ではないと考えて後回しにしているだけではないか。桐丘グループの跡取りなのだから、いずれは会社のことを考えて適当な相手と結婚するはずだ。

だがそれも奏多にはどうでもいい話だった。もうこの先、二度と彼に会うこともない。

そう他人事のように考えていた一週間後、まさかの事態に遭遇することになるのだが、この時の奏多はそんなことなどまったく想像もしていなかった。

●3●

便利屋【プーリッツ】には各種様々な依頼が舞い込んでくる。

その日、奏多《かなた》に割り当てられた仕事は女性依頼者の恋人代行だった。

お嬢様女子大生の植村結奈《うえむらゆな》は現在特定の恋人がいないにもかかわらず、見栄を張って周囲には付き合って一年になる彼氏がいると嘘《うそ》をついていたのだ。友人のホームパーティーに誘われたが、恋人同伴の条件付き。そのため、彼氏役の派遣を依頼してきたのである。

彼女が提示した仮想恋人の設定に一番年恰好が近い奏多が引き受けることとなった。

設定は商社勤めのエリートサラリーマン。綿密な打ち合わせを一週間ほど重ねたおかげで、彼女の友人たちにバレることなく完璧に恋人役を演じきった。

依頼者からは感謝され、チップまで頂いた。基本的に会社に支払う料金以外に別途依頼者が渡したチップは、個人の収入になるのだ。

「今日の仕事はおいしかったな。いろいろ儲けちゃった」

料理は一流レストランからシェフが出張してその場で料理を振る舞い、アルコールも高級なものばかりが取り揃えてあった。自分よりも年下の学生たちが贅沢《ぜいたく》三昧を繰り広げる様子は見ていて白けるものがあったが、ただで本格的なフレンチと酒を堪能できる機会はそうそうない。たまにはブランド物のジャケットを羽織って、休日のエリートサラリーマンを演じるのも楽しいものだ。ちなみに今日の服装は一式すべて依頼者が準備したものである。仕事が終われば全部くれるというので、これはもう奏多のものだ。

るんるん気分で会社に戻る。

住宅街にある雑居ビルの三階が【プーリッツ】の事務所だ。

パーティーは昼間に行われ、お開きになったのはまだ空が明るい時間帯だった。これから報告書を書いても今日は早く上がれる。久しぶりに行きつけの居酒屋に寄ろうか。

「早く帰って熱いシャワーを浴びた後、のんびり家飲みってのもいいよなあ」

ひとりごちながら軽快に階段を上がる。二階に上がる踊り場で、階段を下りてきた作業着姿の青年と出会った。「あ、北森《きたもり》さん」と、気軽に声をかけてきたのは、会社が懇意にしているリサイクルショップの店員だ。肉体労働をしている男の見本のような筋肉質の長《ちょう》躯《く》がリズミカルに下りてくる。

「おっ、高浪《たかなみ》くん。お疲れ。そっか、今日は引っ越し作業が入ってたっけ」

「はい」日に焼けた顔が爽やかに笑った。「いろいろと引き取らせていただきました。そういえば北森さん、冷蔵庫の調子が悪いって言ってましたよね。今日入ったのが二年前の型ですけど、まだ十分使えますよ。北森さんならお安くしますし、一度見に来ませんか」

「え、マジで？　これから暑くなるし、困ってたんだよ。えっと、お店は九時までだっけ？　今日は早く上がれるから、仕事が終わったら寄らせてもらってもいい？」

「もちろんですよ。店長にも言っておきますんで。それじゃ、お待ちしてます」

高浪と別れた後、奏多は鼻唄を口ずさみながら階段を一段飛ばしに駆け上がった。スマートフォンのバイブが鳴ったのは、事務所のドアを開けようとした時だった。

液晶画面を確認して、奏多はふと眉をひそめた。表示された名前は『四宮史香《しのみやふみか》』。先週まで毎日のように連絡を取り合っていた相手である。契約が終了してから電話がかかってきたのは初めてだった。

「もしもし？」

応対すると、『もしもし、北森くん？』と、食い気味に史香の声が返ってきた。

「四宮さん、こんにちは。先日はどうもありがとうございました」

『うん、こっちこそどうもありがとうね。それはいいとして』

何やら焦っている。日曜なのでブライダル会社は忙しいのだろう。背後では慌ただしい声が飛び交っている。『ごめんね、北森くん』と、彼女は唐突に言った。

「え？　何がですか？」

『うちの弟が、どうも北森くんのことを嗅ぎつけたみたいなのよ』

「は？」

『実は、ＰＶ撮影の花嫁が男だってバレちゃったの』

史香が心底申し訳なさそうに説明をはじめたのは、こういうことだった。

昨日、史香は博臣《ひろおみ》と会う約束をしていたそうだ。彼女の仕事場に早く到着した博臣は、そこで偶然スタッフの会話を聞いてしまったらしい。その内容というのが、件のＰＶ撮影に隠された秘密だった。博臣に問い詰められて、スタッフの一人が真実を白状してしまったというわけだ。幸い、奏多の名前は出していないようだが、博臣がどこまで勘付いているのかわからない。打ち上げでも、彼はしきりにその場に姿を見せないクマガイヒロミのことを気にしていたという。史香にもしつこく訊ねたらしい。

『もちろん女性で新人モデルだとは言い張ったんだけど。ほら、北森くんも言ってたじゃない？　ホクロの件がどうとかって。あれがずっと引っかかってたみたいで……』

奏多は一瞬、軽い眩暈《めまい》を覚えた。舞い上がっていた気分が急降下し始める。

『本当にごめんなさいね』

「……いえ、バレたなら仕方ないですよ」

『まさかそっちに押しかけるまではしないと思うんだけど』

「はは、そこまではさすがにしないでしょう。たとえあの花嫁が俺だと気づいても、そのことでわざわざあいつがうちの会社を訪ねてくる理由もないし……」

ガチャッとドアが内側から開いたのはその時だった。

ぬっと頭上に影が差し、奏多は咄嗟に顔を跳《は》ね上げる。

そして、目と口を限界まで開け広げた。

「遅かったな。お前の帰りを待っていたんだ、クマガイヒロミさん」

噂《うわさ》をすれば何とやらとは正にこのことを言うのだろう。奏多は言葉を失った。

我が物顔で事務所のドアを開け、奏多を迎えたのは、なんと博臣本人だったからだ。

「――う、うわあっ！」

奏多はびょんと飛び跳ねて後退り、背中をべったり壁に張り付かせた。驚きすぎて、心臓が聞いたこともないような音を立てて暴れ出す。

「久しぶりだな」

博臣が一瞬間をあけて言い直した。「いや、一週間ぶりか」

「こ、紺谷《こんたに》!?　な、ななな何でおおお前がここに……っ」

「調べたらここの会社に辿り着いたんだ。へえ、今日は男の恰好をしているんだな。花嫁姿もなかなか似合ってたのに」

じろじろと頭の天辺から爪先まで舐《な》めるような目に晒されて、奏多は卒倒しそうになる。もうこれは完全にバレている。誤魔化しようがない。観念する他なかった。

「……や、やっぱり気づいてたのか」

「当たり前だろう？」

博臣がフッと皮肉めいた笑みを浮かべる。

「お前だって俺に気づいていたくせに。なのにどうして初対面のフリをしたんだ？　打ち上げを欠席したのは、俺を避けるためだろ？　……酷いな、傷ついた」

「いや、違っ、そ、それはその……」

動揺して取り落としたスマホから『北森くん、どうしたの！』と、焦った史香の叫び声が聞こえてくる。博臣がちらっと足元を見下ろした。奏多は急いで拾おうとしたが、寸前

で長い手に奪われてしまった。返してくれるのかと思いきや、なぜかそれを自分の耳に押し当てて、

「北森は取り込み中だ」

一方的に言って、通話を切ってしまったのである。

「あ！　おい、何勝手なことをしてんだよ」

「今の女性とはどういう関係だ？」

「は？　え？　ちょ、ちょっと……っ」

なぜか博臣がじりじりと詰め寄ってきた。ここは狭い廊下だ。すでに壁に背をつけている奏多に逃げ場はない。あっという間に距離を詰めた博臣が、いきなりドンッと壁に手を突いた。予想外の展開にぎょっとする。茫然とする奏多を両腕で囲い込み、博臣がじっと見下ろしてくる。どこかで見たことのある体勢に心が恐怖の悲鳴を上げた。

「……な、何だよ」奏多は精一杯の虚勢を張って言った。「何のつもりだよ」

キッと睨みつけると、相手も負けじと鋭い眼で睨み返してくる。

「さっきの電話の女は誰だ？　どういう関係なんだ」

「——は？」

突拍子もない質問に、奏多は思わずぽかんとなった。何を勘違いしているのか知らないが、馬鹿馬鹿しい。一気に冷静さを取り戻す。奏多はため息をつくと、博臣のスーツの胸元をぐっと乱暴に押し返して言った。「史香さんだよ」

「え？」と、博臣が怪訝《けげん》そうな顔をする。

「電話の相手は、お前のお姉様。先日引き受けた仕事の件で少し話があったんだよ。自分の姉の声もわかんねえのかよ」

「……ああ、そうかあの声。そういえばそんな感じがしないでもない」

博臣が目を瞬き、端整な顔を僅かに歪ませた。いかにもバツが悪そうな様子を間近に眺めて、少しだけ溜飲が下がる。更に、博臣は弱ったように自分の喉仏を摘まんでみせた。

強い既視感を覚えるその仕草を目にした途端、何だか無性にいたたまれなくなって、奏多は慌てて咳払《せきばら》いをした。

「それより、どけよ。邪魔」

博臣の体を強引に押し退ける。壁に突っ張った手も容赦なく払い落とした。

「俺、これから報告書を書かなきゃいけないから忙しいんだよ」

「報告書？」

「そうだよ。そこのドアを見ればわかるだろ。ここは便利屋。大企業の専務さんは休日かもしれないけど、うちは土日もないんだよ。ＰＶのことで何か知りたいなら、直接史香さんに訊いてくれ。別に俺は故意にお前を騙《だま》したわけじゃないんだから。全部仕事だ。こっちだって、お前が花婿役だなんて知らなかったんだよ。だからお互い様。じゃあな」

苦情は一切受け付けない。早口で一気に伝えると、茫然と立ち尽くす博臣の脇をすり抜ける。ドアを開け、事務所に入った。後ろ手に閉めて、ホッと詰めていた息を吐き出す。

と思ったら、再び外からドアが開いた。ぎょっと振り返ると、高級スーツが強引に体を捩じ込んで押し入ってきた。

「お、おい、何やってんだよ！」

「俺は用があって来たんだ。ここは便利屋なんだろう？　おい、押すな。開けてくれ」

「嫌だね。大体、お前みたいなヤツがうちに何の用があるんだ。さっさと帰れ……」

「桐丘《きりおか》さん、高校の同級生というのはやはりうちの北森でしたか」

戸口で攻防戦を繰り広げていると、聞き覚えのある声が割って入ってきた。奏多はドアを押さえながら振り返る。すぐ後ろに社長の熊谷《くまがい》がにこにこと満面の笑みで立っていた。

「しゃ、社長？」

奏多は戸惑う。その隙に奏多を脇に押し退け進入してきた博臣が、「ええ」と頷いた。

「間違いなく、友人の北森です」

「それはよかった。北森、桐丘さんとは知り合いなんだって？　四宮さんの弟さんだと聞いてびっくりしたよ。先日の結婚式のＰＶ撮影でご一緒したそうじゃないか。せっかく再会したのにろくに話もできなかったからと、わざわざお前を訪ねてきて下さったんだ」

奏多は目を瞠り、弾かれたようにして隣の男を見た。博臣が澄ました顔で応じる。

「女装があまりにも似合いすぎていて、最初は本当に女性だと思い込んでいたんですが」

「そうでしょう、そうでしょう。我々も四宮さんが送ってくださったＤＶＤを拝見しましたけど、完成度が高すぎてスタッフ一同大騒ぎでしたからね」

「でも笑った顔は当時と変わっていなくて、すぐにピンときました。あとは、ここですね」

博臣が自分の右耳の下を指差して言った。

「彼は首筋に特徴的なホクロがありますから」

「――！」

奏多はぎくりとする。やはりあの時からすでに正体を見破られていたのだ。

「ああ、この三角形の。確かに珍しいですね。再会した時はびっくりしたでしょう？　男の友人が花嫁姿で現れたら誰だって驚きますよねえ。ささ、こちらへどうぞ。今、お茶を入れますから」

熊谷が博臣を来客用スペースに案内する。図々しくも後についていこうとする博臣を、咄嗟に引き止めた。

「ちょ、ちょっと社長。お茶なんていいですよ。お前もさっさと帰れよ、もういいだろ」

「こら、北森。大事なお客様になんてことを言うんだ。あちらでご依頼を伺いますから」

「ご依頼？」

「そうだ。具体的な話はお前が戻ってからということで、待っていて下さったんだ」

話が見えない。きょとんとする奏多を見やり、博臣が見た目だけは酷く感じのいい微笑みを浮かべて頷いた。

「部屋の掃除やその他こまごまとした雑務をお願いしたい。忙しくて、なかなか自分では家の中の事にまで手がまわらないんだ。スタッフを指名することも可能だそうだから、是非とも北森にお願いしたい」

突拍子もない話だった。いきなり現れておいて、一体何を言い出すのだろうか。

「ハア？　それならうちじゃなくても専門のハウスキーパーを頼めばいいだろ。どうせ金はあるんだろうし、セレブ御用達の派遣会社を知ってるから、そっちを紹介する……」

「ちょっと、北森」

横からくいっと腕を引かれた。見ると、にこにこ笑顔でいながら目がまったく笑っていない熊谷が「ちょっと、こっちにおいで」と耳打ちしてくる。

「桐丘さん、少しお待ちいただけますか。おーい、牧瀬《まきせ》くん。お茶をお願い」

別の社員に声をかけると、奏多の肩を抱いて奥の物置部屋へと引き摺り込む。段ボールが積み上げられている薄暗い部屋に入った途端、奏多は猛反発した。

「社長！　あいつは危険ですって。何を考えているかわかんないようなヤツなんですよ。大体、あの男はメチャクチャ金持ちなんです。普通、そんな人間がこんなちっぽけな便利屋に依頼しますか？　しかも自分の部屋の掃除ですよ？　プライベート空間ですよ？」

「ちっぽけ……うん。知ってるよ、あの桐丘グループ現社長の御曹司だろ？　さっき名刺をもらったから」

ほら、とポケットから取り出した名刺を見せられた。

「だったら、何かおかしいって思うでしょ」

「うーん。実は桐丘さん、以前契約していたハウスキーパーが盗みを働いて、クビにしたばかりらしい。だから気軽に頼めないんだそうだ。その点、昔から知っている北森なら信用できるって言うからさ。しかも、専属で一ヶ月契約」

「はあ⁉　何ですかその制度、俺初めて聞きましたけど！」

叫んだ奏多の首に熊谷が丸太のような腕を回しきゅっと締めつつ、まあまあと宥《なだ》めた。

「普段はこういうのは引き受けないんだけどさ。でもほら、一ヶ月分の契約料を前金でドンと支払うって言われてね」

「金ですか！」

「まあ、話を聞きなさいよ。実は今日、きみが留守にしている間に大変な事件が起こっていたんだ。もうね、びっくりするよ」

ふいに熊谷が声を潜め神妙な面持ちで言った。「荒屋《あらや》がやらかした」

荒屋というのは、熊谷が二ヶ月前に雇った新人だ。まだ十九歳の若者である。

「あいつが何かしたんですか？　確か、今日は犬の散歩だってうきうきしてましたけど」

「仕事は真面目にやってくれてるよ。彼、動物好きだしね。まあ、今回のことは運が悪かったというか何というか。テンションの上がった犬がはしゃいで吼《ほ》えて、たまたまそこを歩いていたご婦人が驚いて荷物を落とし、その荷物が実はとある有名作家が手がけた価値のある壺《つぼ》だった、と。その額、何と……」

ごにょごにょと耳打ちされた金額を聞いて、奏多は開いた口が塞がらなかった。

「さっきまで、そのご婦人が乗り込んで来て弁償しろ弁償しろって大騒ぎだったんだよ。そこに桐丘さんが訪ねてきてね。もう神様のように見えたね。だからさ、この通り」

熊谷がパンッと顔の前で手を合わせて言った。

「頼むよ、北森」

「いや、でも……」

「俺からもお願いします、北森さん！」

「うおっ」

いきなり段ボールの陰から人影が飛び出してくる。驚く奏多の前で土下座を始めたのは荒屋だった。「全部俺のせいです、すみません。お願いです、助けてください」と、額を床にこすりつける。「北森、頼む」熊谷までが頭を下げる。

社長と後輩にここまでされては、さすがの奏多も嫌とは言えなかった。

「……わかりましたよ」

「本当か北森！」「北森さん！」

熊谷と荒屋が両側から挟み打ちにするように抱きついてきた。

「イタタ……ちょ、苦しいですから、もう離れて……」

必死に二人を押し返しながら、ふと閉まり切っていないドアの隙間に目がいった。

細い隙間の先、博臣が来客用のソファに腰掛けて安っぽい湯呑《ゆの》みの茶を優雅に啜《すす》っている。その時、バチッと目が合った。びっくりして、奏多は咄嗟に視線を逸らす。

――何となく、まだその子のことを引き摺ってるんじゃないかと思うのよね。

ふいに史香の例の言葉が脳裏に蘇った。

引き摺っているというのは、別の意味にもとれるのではないか。負の執着――そう考えた瞬間、奏多の体にぞわっと寒気が走った。嫌な予感がする。

博臣がわざわざこんなところまで奏多を探して会いに来た意味とは何だろう。ひやりと背中を冷たいものが流れ落ちる。

奏多は恐る恐るドアの隙間を覗き見た。待ち構えていたように、博臣と目が合う。

「――!」

次の瞬間、その端整な顔にニヤリと人の悪い笑みが浮かんだのを、奏多は確かに見た。

4

復讐《ふくしゅう》だ――奏多《かなた》は自分の前を颯爽と歩く男の後ろ姿を睨みつけて思った。

チャペルで再会したが十年目、こいつは当時俺に傷つけられた恨みをいまだに根に持っていて、今こそチャンスだと考えたのではないか。

お互い社会人になり、博臣《ひろおみ》は金と権力を手に入れた。一方、奏多はというと、薄給の上に仕事とあらば化粧をし花嫁衣装を平気で着ることのできる図太い神経を身につけた。

便利屋という職業は、裏を返せば恰好のパシリなのである。目の前に金を積まれたら、鞄《かばん》を持ってご主人様の後ろをついて回るし、靴が汚れればハアーッと息を吹きかけピカピカに磨く。西に有名ブランド店がオープンすれば限定品を入手するために前日から行列に並び、東にペットのインコが逃げ出せば虫取り網を持って全力で追いかける。――それが便利屋。

博臣の本音がどこにあるのかはさっぱりわからない。本心が読めないのは今も昔も変わらない。昔と違うのは、完璧な愛想笑いを身につけたことだろうか。また無駄に顔がいいから、それも様になるところが厄介だった。本性をまるっと隠して人当たりのいい笑顔を浮かべれば、何も知らない者はうっかり騙されてしまう。

現にまんまと罠《わな》にかかった社長や同僚たちは、彼を「金持ちなのに気さくないい人だ」

と崇めていた。ヒステリックなご婦人に散々詰られた後だったので、相対的に博臣の評価が上がってしまったのだろう。結果、青褪めているのは奏多一人だ。

金の力に負けて、専属契約を交わした奏多は、恋しい会社を後にしなくてはならなかった。隣にはにこにこと胡散臭《うさんくさ》い笑顔を張り付けたかつての同級生が立っている。見送ってくれる社長と同僚のもとへ早くも逃げ帰りたい気持ちが込み上げてくる。

「おい、そろそろ行くぞ。いつまで手を振ってるんだ。今生の別れでもあるまいし」

社長たちには感じのいい笑みを向けながら、こっそり耳元で毒を吐く博臣に、奏多はぎょっとする。記憶とはあまりにも違う彼の変わりように、驚きと戸惑いを隠せない。

「さっさとしないと日が暮れるだろう。今日中に部屋の掃除をしてもらうからな。あと、ペンがどこかに紛れて行方不明だ。探してくれ。見つけるまで帰れないと思えよ」

――誰だこいつは？　奏多は唖然《あぜん》となった。

少なくとも奏多が知る紺谷《こんたに》博臣はこんな男ではなかったはずだ。人付き合いが苦手で常に無愛想を決め込んでいたが、本当はただの不器用で、人を馬鹿にするような言葉は絶対に吐かなかった。高校生の懐事情は厳しく、また節約気質な博臣と百円のジュースを割り勘にして半分ずつ飲んだこともあったくらいだ。

それが今はどうだ。金に飽かしてわざわざ奏多と契約を交わし、これからどうやって扱き使ってやろうかと悪巧みをしているに違いない。奏多を前にして昔の恋愛の後ろめたさや気まずさなどは、最早まったく気にもしていない様子だった。やはりと確信する。これは奴が個人的恨みから思いついたただの嫌がらせだ。

博臣の愛車の助手席に座らされ、強制的に連れてこられたのは、閑静な住宅街にある六階建ての高級マンションだった。

「おい、ぽかんと口を開けたまま空を見上げるな。馬鹿みたいだぞ」

「……お前、こんなところに住んでるのかよ」

奏多はびっくりする。高級住宅地の中でも一際金がかかってそうな一角だ。かといって下品ではなく、辺りの景色に溶け込むとても落ち着いた雰囲気の外観になっている。周辺は手入れの行き届いたプラタナスの並木道になっており、遊歩道の先に緑地公園も見える。ここに到着するまでにかわいらしいカフェやベーカリーなども見かけた。とてもオシャレで住みやすそうな街という印象だ。

博臣がエントランスのセキュリティを解除する。地下の駐車場からではなく、わざわざ正面に回ったのは、奏多がこれから出入りすることになるからだった。

「ぼけっと立っていると邪魔だ。さっさと入るぞ」

「お、おう」

我に返った奏多は、慌てて博臣の後を追った。

自動ドアを抜けると、広々としたエントランスホールが現れた。落ち着いたダークブラウンをベースに、品のいいゴールドが差し色として使われている。天井にはシャンデリアまであり、まるでホテルだ。ここでもあんぐりと口を上げて眺めていると、すっと脇からスーツ姿の年輩男性が現れた。

「おかえりなさいませ、桐丘様《きりおかさま》」

丁寧にお辞儀をして博臣を迎え入れる。噂には聞いたことがあるが、実際にコンシェルジュが常住するマンションを初めて見た。奏多が住む築二十年のアパートとはあまりにも世界がかけ離れていて、気後れしてしまう。

「ただいま」と答えた博臣が、コンシェルジュに奏多を紹介する。

奏多はおずおずと挨拶を交わしてから、隣に視線を戻した。しかし、博臣がいない。

「あれ？　どこに行った……あ！　待って」

すでに歩き出していた彼を見つけて、慌てて追いかける。一緒にエレベーターに乗り込み、ようやくほうと息をついた。カルガモの子どもにでもなった気分だ。

「……お前、桐丘グループの跡取り息子って本当なんだな」

「何だ？」

「別に、何でもない」

首を振って流すと、博臣が白けたみたいに鼻を鳴らした。そうして、じっと奏多を見つめてくる。

「何だよ？」

「いいジャケットを着ているな」

一瞬面食らった。

「ああ――これか。貰《もら》い物だよ。年下のかわいい女の子から貰ったの」

さすが普段からいい物を身につけている男は目のつけどころが違う。高級ブランドのそれは奏多の安月給では到底買えない代物だ。ただの勝手な被害妄想だが、何だかお前には分不相応だと言われているようで少しムッとしてしまった。

「年下の女？　そんな恋人がいるのか？」

急に声を低めた博臣が、なぜか一歩詰め寄ってきた。狭い密室の中なので、思わずビクッとする。

「……いや、ただの仕事相手だけど。依頼人だよ。報酬の一部として貰ったんだ」

「服まで貰うのか」

「お金持ちのお嬢様だったからな。仕事上、体裁を整えるために向こうが準備してくれたんだよ。持っていても邪魔になるだけだからくれるっていうし、そこはありがたく」

「先日のウェディングドレスは？　あれも貰ったのか？」

「は？」

奏多は首を傾げた。

「そんなわけないだろ。俺が貰ってどうすんだよ、あんなもん」

「……まあ、そうだな。実用性がある方がいいか。そこらの女より似合ってたけどな」

厭味《いやみ》かよ――奏多はキッと博臣を睨みつけ、心の中で毒づいた。奏多に向いていた爪先がくるりと外を向き、博臣は何事もなかったかのように階数表示パネルを眺めている。

何とも言えない沈黙が充満する中、奏多はぼんやりと史香《ふみか》の言葉を思い出していた。

――実は私、ずっとあの子に対して後ろめたい気持ちがあったのよね。

親の再婚話が持ち上がった当時、まだ高校生だった博臣は桐丘に気に入られて、度々呼び出されていたのだそうだ。一人娘の史香が早くから跡を継ぐつもりはないと宣言していたせいで、彼の関心は一気に博臣に向いたらしい。また博臣もなまじ頭がよく、飲み込みがよかったため、益々桐丘グループの跡継ぎとして期待されたという。

それまで母親と二人暮らしだった博臣は、高校卒業後は就職希望だった。しかし再婚が決まり、桐丘の半ば強制的な勧めで海外の大学に進学。卒業後に帰国してからは、彼のもとで働きつつ、現在経験を積んでいる最中なのだと奏多は聞いていた。

――当時は優秀な義弟の登場にラッキーって思っていたんだけどね。今は、父の期待を全部あの子に押し付けてしまったことを少しは反省しているのよ。

帰国してからの博臣は、桐丘に連れ回されてほとんど拘束状態だったという。友人と遊んだ話も聞いたことがなく、だから博臣が奏多と再会できたことは、姉としても嬉しいのだと史香は言っていた。

当の本人は、奏多のことをまったく友人扱いしていないようだが。

博臣が巻き込まれた環境には同情する。傍から見れば羨ましいほどの玉の輿《こし》だが、いきなり大企業グループの跡継ぎを命じられた博臣は堪ったものではなかっただろう。奏多ならそんな重圧を背負わされるのはまっぴらごめんだ。いくら博臣の頭がいいとはいえ、出身高校は偏差値も平均的なごく普通の高校だった。本人には相当な努力が求められたに違いない。

エレベーターが到着した。下りるぞと言われて、博臣の後に続く。

「ここだ」

通されたのは、最上階の角部屋だった。

といっても、エレベーターを降りたらすぐそこが玄関ドアだ。この階は真ん中の仕切りを挟んで左右に一部屋ずつしかない。つまり、誤って二基あるエレベーターのもう片方に乗ってしまうと、お隣さんの玄関にお邪魔することになるのだ。

「そこが洗面所にバスルーム。ここは物置に使っている。入る時は注意してくれ。時々雪崩が起きる。真っ直ぐ進めばリビングだ」

部屋の説明を受けながら長い廊下を歩く。広い間取りと立派な内装は想像以上だった。自分との格差に唖然としながら、キョロキョロと見回していると、博臣がつきあたりのドアを開けた。リビングだ。

目の前に広がる空間に驚いた。このリビングだけでも一体どのくらいの広さがあるのだろうか。白い壁と天井、その大画面で何を見るのかとびっくりするほどの大型テレビ、隅には観葉植物。

しかし——視線が下がるに連れて、何かがおかしいことに気づく。

「……汚いな」

思わず正直な感想が口をついて出た。フローリングにソファ、ローテーブル、ラグ。インテリアも当然一級品だろうに、すべての輝きが色褪せて見える。物が多すぎるのだ。足の踏み場もないというほどではないが、全体的に満遍なく散らかっている。雑誌や新聞、衣類、日用品……。

隣に立っていた博臣が、神妙な面持ちで深く頷いた。

「そうなんだ。俺はどうも片付けのできない男らしい」

イラッとした。

「何をいいようにカテゴライズしてるんだよ。要するにズボラだってことだろ」

仕事ができてもこの部屋では、イケメン専務のイメージが台無しだ。

博臣がむっとしたように言った。

「とりあえず、この部屋を片付けてくれ。あと、どこかに黒のボールペンがあるはずなんだ。一緒にそれも探してほしい」

「黒のボールペン？　何、大事な物なのかよ。どんなヤツ？　色は？　高級品か？」

「透明なプラスチック製のごく普通の物だ。使い捨ての安いヤツだが、俺の宝物だ」

奏多にとっては日常で使っているタイプの物なので珍しくもないが、今の博臣の口から聞くと少々違和感があった。だが、宝物というからには何かしら理由があるのだろう。

「ふうん。わかった、探しておくよ。じゃあ、さっさと取り掛からないとな。夜になると近所迷惑だし」

「防音設備はバッチリだから安心しろ。そうだ、お前に渡しておく物がある」

博臣が一旦別の部屋に姿を消した。何かを手にして戻ってくる。

「仕事着だ」

「仕事着？」

奏多は畳まれたそれを受け取った。しかし広げた途端、自分の顔が盛大に引き攣るのがわかる。

ゴシック調の黒いワンピースとフリフリの白いエプロン——メイド服だ。

「……おい、何だよこれ」

「だから仕事着だ」

博臣が悪びれたふうもなく言った。

「ウェディングドレスも似合っていたが、こういうのも似合いそうだと思って急いで作らせたんだ。家政婦といえばこれだろ？　でも、失敗したな。初めてかと思えば、以前にも着たことがあると聞いてがっかりだ。便利屋の仕事とは、奥が深いんだな」

お前を待っている間に社長から見せてもらったんだと、博臣がスーツの内ポケットから写真を一枚取り出した。それを見た瞬間、奏多は卒倒しそうになる。以前、女装メイドが給仕する飲食店のバイトを頼まれた時の物だ。同僚が面白がって撮った写真が、なぜここにあるのだろう。勝手にこんな物を晒した熊谷《くまがい》を恨む。

「——そっ、そういう依頼もあるんだよ！　言っとくけど、俺にそういう趣味はまったくないからな」

「だったら、これも仕事だと割り切ればいいじゃないか」

「割り切れるかよ！」

いかがわしい仕事着を床に叩きつけた。博臣がやれやれとため息をつく。まるで聞き分けのない子どもを咎《とが》めるような眼差しを奏多に向けると、低い声で言った。

「北森《きたもり》。お前、自分の立場をわかっているのか？　俺が依頼者でお前は便利屋だ。こういうのもサービスの一環なんじゃないのか？」

「はあ？　うちはそういうサービスは一切行っておりません。お前の悪趣味に付き合ってられるか。大体、掃除をするのに何でこんなフリフリした服を着なきゃならないんだよ。邪魔で仕方ないだろ」

「だが、熊谷社長には許可をもらってるぞ」

奏多は思わず押し黙った。博臣が畳み掛けるようにして続ける。

「俺も実物を見てみたいと言ったら、お前なら着慣れているから頼めばやってくれるはずだとおっしゃっていた。それも含めた前金を払ったはずなんだが？」

「……っ」

「とある女装喫茶では、売れっ子ナンバーワンだったんだってなあ。ほら、ここに写っている奴らもお前にカメラを向けている。知らない男どもによくもまあ平気でこんな写真を撮らせるものだ。どんなふうに使われるかわかったもんじゃない。本当に無防備すぎて呆れるが、これがお前の仕事なんだろ？　俺にも見せてくれ。ほら、仕事じゃないか」

博臣が床に落ちたメイド服を拾って、固まっている奏多に再び押し付けてくる。

「当制服の着用を所望する」

にっこりと、恐ろしいほど爽やかな笑顔で博臣は言ってのけた。


酷い嫌がらせだ。

メイド服に着替えさせられた奏多は泣きそうだった。

当の博臣は、嫌がる奏多を舐めるような目つきで存分に眺めると満足したらしい。

「それじゃあ、後は頼んだ。俺は仕事をするから、何かあったら呼んでくれ」

さっさと書斎に引きこもってしまった。

羞恥プレイからの放置プレイだ。

「クソッ、あのド変態め！」

何がどうなってあんな人間になってしまったのだろうか。良くも悪くもあった高校時代の思い出が、すべて奏多の作り出した妄想ではないかとさえ思えてくる。十年でこんなに人は変わってしまうものなのか。

まるで誂《あつら》えたかのようにぴったりなメイド服が心底気持ち悪い。

「何が所望だ、偉そうに。ただの変態じゃねえか、あのヤロー」

本当に、何を考えているのかさっぱりわからなかった。

とりあえずは仕事だ。与えられた仕事をこなそうと、掃除に没頭する。

二時間ほど経った頃、書斎のドアが開いた。

中から姿を現した博臣が、リビングを見渡して数度瞬く。

「どうだ、綺麗になっただろ」

奏多は胸を張って言った。といっても、ゴミ屋敷のように悪臭を放つ生ゴミが積み上げられているわけではないので、掃除をする分には比較的ラクだった。洗濯物はまとめてランドリールームに移動させ、雑誌と古新聞はそれぞれビニール紐《ひも》で縛ってある。量が多いので山が数個できたが、これだけで随分とすっきりした。あとは掃除機をかけてひとまず終了だ。

「ほら、ボールペン。これだろ？　他に黒のボールペンは落ちてなかったから」

エプロンのハート型ポケットから取り出して、博臣に渡した。

「それ、もうインクがないみたいだけど。宝物なら失くさないようにしまっとけよ」

「それだけか？」

「は？」

奏多は首を傾げた。何を問われているのかいまいちよくわからない。黙り込んでしまうと、博臣がもういいとでもいうようにため息をついた。奏多は思わずムッとする。

「何だよ、感じ悪いな。せっかく見つけてやったのに」

「掃除は終わったのか？」

「見ればわかるだろ。洗濯物はどうするのかわからなかったから、まとめてランドリールームに置いてある。クリーニングに出すなら明日持っていくし、洗濯してもいいのなら俺がやるけど。明日からは朝七時でいいんだよな？　それじゃあ、今日のところはこれで……」

「待て」

さっさとエプロンの紐を解いていると、博臣から待ったがかかった。いつの間にか窓際に移動していて驚く。外はすでにとっぷりと日が暮れている。窓の外を眺めた博臣が、何を思ったのかおもむろに人差し指をツーッと窓枠に這《は》わせた。

指先をじっと見つめて、ぽつりと言った。

「……埃《ほこり》が溜まっているな。やり直しだ」

「お前はイジワル姑《しゅうとめ》か！」

思わず叫んでしまった奏多を振り返り、博臣が自分の人差し指を見せつけてくる。

「何を言っているんだ。ほら見ろ、こんなに指が汚れている。俺はリビングの掃除を頼むと言ったんだ。これで掃除が終わったと言えるのか？　お前のところの会社はこんな手抜き掃除で金を取るのか」

「――ッ」

唇を噛み締め、口から飛び出しそうになった罵詈雑言《ばりぞうごん》をどうにか喉元で堪えた。落ち着け、落ち着け。引き攣り笑いがぷるぷる震える。

「……申し訳ありませんでした。やり直します」

殊勝に頭を下げると、博臣が偉そうに頷いた。

「俺は少し出かけてくる。三十分ほどで戻る。布巾なら洗面台の下の棚にある物を使ってくれ」

「……はい。いってらっしゃいませ」

玄関まで博臣を見送り、ドアが閉まった途端、奏多は頭を掻き毟って奇声を上げた。

「何なんだ？　何なんだよ、あいつ！　バカにしやがって！　クソッ、見てろよ……っ」

便利屋の底意地を見せてやる。気合いを入れるために頭にタオルを巻き、奏多は一心不乱に窓を磨いた。脚に纏わり付くひらひらの作業着が邪魔で仕方ない。監視もいないのでスカートを捲《まく》って腰に縛り付け、あられもない恰好で動き回る。目についた埃が溜まりそうな場所はすべて拭き、最後にもう一度、雑巾で窓枠を綺麗になぞる。

ぴったり三十分後、博臣が帰宅した。

「今度こそどうだ、綺麗になっただろ」

仁王立ちで出迎えた奏多を見て、博臣が面食らったような顔をした。

「……何て恰好をしてるんだ」

「え？　あっ、しまった。忘れてた。だってこの服、動きにくくて仕方なくてさ……」

慌てて捲り上げていた裾を下ろして、頭のタオルを外す。ぺたっと跡の付いた髪を散らすように首を振ると、博臣が呆れた眼差しで見てくる。

「犬みたいだな」

気を取り直したように一つ息をついた博臣が窓辺に立ち、鬼姑よろしくツーッと人差し指で窓枠をなぞった。

「……綺麗になっているな」

「よっしゃ！」

思わずグッとガッツポーズをして、奏多は喜ぶ。これでようやく帰れる。

「合格だな。それじゃ、俺はこれで……」

「次の仕事だ」

すかさず、目の前に半透明なスーパーの買い物袋を差し出された。

「腹が減った。そろそろ夕飯にしよう。材料は中に入っているから作ってくれ」

「………かしこまりました」

思わずご主人様と続けてしまいそうになったのは、この仕事着のせいだ。

結局、奏多はキッチンに立ち、黙々と作業を続ける羽目になる。

最新式のシステムキッチンは広々として使い勝手もよく、傷一つなかった。博臣は普段料理をしないのだろう。その割には膨らんだ買い物袋の中身は具体的で、訊かなくても何を作ればいいのかすぐにわかった。

使った形跡のない新品同様の中華鍋を取り出す。豚バラ肉を炒《いた》め、適当に切った野菜も炒め、最後に電子レンジで一分過熱しほぐれやすくした中華麺を投入。塩コショウをして中濃ソースで味付けをすれば、出来上がりだ。

「どうぞ、ご所望の焼きソバです」

ドンと皿をテーブルに置くと、待ち構えていた博臣が大きく息を吸い込んだ。

「……懐かしい匂いだな」

僅かに目を細め本当に懐かしそうに言うので、奏多は内心で首を傾げる。何を大袈裟《おおげさ》なと白けた気分になったが、博臣の次の言葉でその意味に納得した。

「ずっと外食が続いていたから、家で夕飯を食べるのは久々なんだ」

「ああ、そういうことか。大企業の専務さんだもんな。お偉いさんとの会食とかいろいろあるんだろ？」

「まあな。肩が凝る食事ばかりだ」

「……ふうん。食べれば？　冷めるぞ」

促すと、博臣はいそいそと割り箸を取った。箸を持ったまま「いただきます」と手を合わせる。厭味ったらしいことを散々言っていたくせに、こういうところは礼儀正しい。

大きな手に似合わず綺麗な箸使いだなと思った。その瞬間、脳裏に懐かしい記憶が断片的に蘇る。高校生だった当時の自分も、彼に対して同じことを思った気がする。あれは何を一緒に食べた時だったのだろうか。

「美味いな」

低いがよく通るその声に、瞬時に現実に引き戻された。焼きソバを頬張った博臣と目が合い、焦った奏多は思わず視線を逸らす。

「まだ余ってるから。おかわりしたかったら言えよ。麺が二玉もあったし」

「それはお前の分だ」

そう言うと、博臣はいきなり席を立った。キッチンに向かい、中華鍋に残っている焼きソバを新しい皿に盛りつける。料理をしないという割には随分と手際がいい。そういえばと思い出す。奏多が知る高校時代の博臣はまだ母親と二人暮らしだった。働いていた母親の仕事を少しでも減らそうと、博臣も台所に立っていたのかもしれない。

博臣が焼きソバと箸を持って戻ってきた。ぼんやりと立ち尽くしていた奏多を、椅子を引いて座らせる。博臣も自分の席についた。

「どうした？　早く食べないと冷めるぞ」

「ああ、うん……いただきます」

慌てて割り箸を取る。パキョッと変な音を立てて、おかしな形に割れた。少し焦げた安っぽいソースの匂いは嗅ぎ慣れたものだ。自分で作ったそれを、おずおずと口に運ぶ。

しばらくの間、黙々と食事に徹する。

皿の中身も半分に減った頃、ふいに対面の博臣が「さっき」と、思い出したように沈黙を破った。

「部屋が綺麗になったと褒めたら、ガッツポーズをしただろ？」

「……ああ、うん」

答えながら、そうだったっけと浅い記憶を手繰り寄せる。反射的に動いたことなのでいちいち気にもしなかった。それがどうしたと目線で問いかけると、博臣が淡々と言った。

「あの顔は、体育祭のリレーでアンカーのお前がゴールテープを切った時と同じだった」

「…………」

「あと、水泳の五十メートルテストを泳ぎ切った時も同じように大喜びしていたな」

「！」

思わずぽろりと割り箸が手から滑り落ちた。

「そ——ゲフォッゴフッ」

焼きソバが喉に詰まって盛大に咳き込む。「急いで食べるからだ」と、博臣が涼しい顔をして見当違いのことを言った。ペットボトルのお茶をグラスに注いで渡してくれる。

急いでお茶で麺を流し込み、奏多は上擦った声で答えた。

「……そ、そうだったかな？　俺、全然、覚えてない」

動揺しているのが自分でもよくわかる。まさかここでその話題を持ち出されるとは思ってもいなかった。だが、二人の接点は正にそれしかないわけで、今まではわざと避けているのかと疑っていたくらいだ。話を切り出すタイミングをずっと見計らっていたのだろうか。ここからどういう方向に持っていくのだろうと、奏多は咄嗟に身構える。

博臣が僅かに目を細めて、懐かしむかのようにぽつりと言った。

「俺はよく覚えているぞ」

「…………」

「市営プールの端っこで、ピンクのビート板を抱きしめている姿が印象的だった」

「それはもう忘れろよ！」

カアッと頬を熱くしてすかさず叫ぶと、博臣はふるふると首を横に振った。

「忘れるわけないだろ。当時の日記にもきちんと書きとめてある」

「お前、日記なんてつけてたのかよ！　どこに隠し持ってるんだ、今すぐ捨てろ！」

「日記はここにある」

至極真面目な顔をしてそっと大事そうに押さえて見せたのは、自分の胸元だ。

「心の日記だ。残念ながら捨てることは不可能だ」

「……お前、大丈夫か？　仕事のし過ぎじゃねえの？　昔はそういう冗談なんて言ったことがなかったくせに」

呆れるを通り越して、少々心配になってしまう。奏多を揶揄うにしても、ネジが一本外れたみたいな予想の斜め上をいく嫌がらせの仕方だ。

「別に、冗談を言っているつもりはないんだけどな」

博臣が不満そうに首を傾げた。焼きソバを啜りながら、「覚えてるか」と訊いてくる。

「プールから帰る途中、屋台を見つけて焼きソバを買って食べたことがあった」

「……ああ、そういえばそんなこともあったっけ」

不思議なもので、細かく枝分かれした先っぽの記憶までがまざまざと蘇ってくる。枝にぶら下がったままずっと消えていた電球に、久々にぽっと灯りがともるようだった。

プール――当時通っていたホテルの会員制プールを出て、駅に向かうまでの間に、珍しく屋台が出ているのを見つけたのは奏多だった。ワゴン車から漂ってくるソースの香ばしい匂いに、運動後の空腹が負けたのだ。

「思い出した。お前、紅ショウガが苦手だって言うから、俺が全部食ってやったんだ」

奏多は言いながら、つい思い出し笑いをしてしまう。蓋を開けてまず、博臣は毒々しい赤に染まったそれをせっせと容器の端に寄せていたのだ。当時から体格のいい男だったから、何だかそのちまちまとした動きがアンバランスでおかしかった記憶がある。

博臣が手を止めてぼそっと言った。

「そういうどうでもいいことは覚えているんだな」

「何だよ、まだ紅ショウガが食べられないのか？」

問いかけると、急に博臣が黙り込んでしまう。どうやら図星のようだ。黙々と焼きソバを口に運ぶ博臣をニヤニヤと眺めながら、奏多は得意げに言った。

「いっとくけど、俺はもうカナヅチじゃないから」

「知ってる。お前が初めて五十メートルを泳ぎ切った時、傍で見ていたのは俺だ」

淡々と返ってきた言葉に、奏多は面食らった。確かに、今更言うまでもない。

「……今はもう、百メートルくらいは平気で泳げる」

「そうか。あれからも練習をしたんだな。北森は努力家だから」

博臣が珍しく柔らかな眼差しで、僅かに微笑んだ。不覚にもドキッと胸が跳ね上がる。奏多は反射的に胸元を押さえる。

最初は一人でこっそりと練習をするつもりだった。市営プールで偶然博臣と鉢合わせた時、運の悪さを嘆いた。けれども、博臣は奏多がカナヅチだということを誰にも言いふらさなかったし、泳ぎの特訓にまで付き合ってくれたのだ。もちろん奏多自身、最大限の努力をした。期限があったし、絶対に泳げるようになりたかった。

しかし、自分一人だったら、果たしてあそこまで泳げるようになっていただろうか。努力以上に、教え手の存在が大きかったのだと改めて思う。かといって、ここで「お前のおかげだ。ありがとう」というのは、さすがに無理だ。余計な思い出までくっついてきて、面と向かって十年越しの礼を伝えることは躊躇われた。

「……まあな。負けず嫌いだし」

対面で、微かに笑う気配がする。

「俺は、頑張って何かをやり遂げる奴が好きなんだ」

博臣の言葉に、奏多は咄嗟に俯けていた顔を上げた。

「どうした?」

「……い、いや。何でもない」

表情の変わらない博臣と目が合って、何だか無性に恥ずかしくなる。今の話は別に奏多だけに限ったことではない。そうだとわかっていても、自分もその中に含まれていることが単純に嬉しかった。

「人が頑張っている姿というのは、見ている側にとっても励みになる」

「……まあ、目標に向かって努力してる奴って、カッコイイもんな」

「そうだな。かっこよくて、憧れる」

相変わらず綺麗な箸運びで麺を啜る博臣を、奏多は複雑な気持ちで睨みつけた。

●5●

博臣《ひろおみ》と交わした専属便利屋契約は、朝七時から始まる。
七時までにマンションに到着し、渡された合い鍵を使って部屋に入る。
さすがにメイド服は勘弁してもらったが、毎朝ポールハンガーに吊《つ》るしてあるエプロンを身につける決まりだ。ちなみにこれは前日の夜に博臣が準備し、彼の気分で色やデザインが変化する。それからすぐに朝食の準備に取り掛かり、七時三十分になったら寝室をノック。返事がなければ部屋に入り寝ている博臣を起こす。洗面等を済ませた博臣に朝食をとらせて、八時半には会社に出かける彼をエレベーターまでお見送り。

再び部屋に戻り家事や雑用をこなしたら、余った時間は自由に使ってもいいとお許しが出た。ただし、博臣の呼び出しには必ず応じること。夕方以降はその日の博臣の予定に合わせて奏多の仕事も変動する。

住み込みか通いかで少々揉《も》めたが、奏多《かなた》の強い希望により、基本は7時－22時の通い便利屋で博臣も渋々合意した。昼間は博臣も会社に行っているので、実質労働時間はその半分くらいだ。

驚いたことに、博臣はいつの間にか勝手に奏多用の新しいベッドやその他の家具諸々を手配していた。そのことでまた一揉めし、キャンセルの手続きが大変だったのだ。

博臣の生活スタイルを把握して自分のすべき仕事を確認し、バタバタしているうちにあっという間に一週間が経ってしまった。

その日も午前中はスケジュール通りに家事をこなし、午後からようやく時間ができた。せっかくなので、連絡したまま延び延びになっていたリサイクルショップへ出かけることにする。高浪《たかなみ》が店長に頼み、目当ての冷蔵庫を取り置いてくれているのだ。

しかし、マンションを出て一時間も経たないうちに、博臣から電話がかかってきた。

『俺だ。今、どこにいる』

「……自宅のアパートだけど」

『自宅？』

「別にさぼってるわけじゃないぞ。きちんと今日の仕事は済ませたし。時間があったから新しい冷蔵庫を買いに行ったんだよ。古いのが壊れてさ。今、家に運んでもらって……」

奏多の後ろでは、高浪が格安で譲ってもらった中古の冷蔵庫を設置してくれていた。ちょうど手の空いていた彼に手伝ってもらい、先ほど部屋に運び込んだばかりだ。仕事上、電化製品の接続や設置、取り付け等はある程度自分でできるが、さすがに百五十リットルの冷蔵庫を一人で抱えるのは無理だ。

『冷蔵庫ならうちのを使えばいいだろう。大きすぎてガラガラだ』

「そっちの冷蔵庫には食材を詰め込んでやるから心配するなよ。冷凍庫の調子が悪かったから冷食やアイスが買えなかったんだけど、これで買い溜めできる」

『だからうちに住めばいいと言ったんだ。今からでも住み込みに変更するか』

「絶対に嫌だ」

『……強情な奴だな。ところでチョコレートは好きか？』

「は？　何だよ唐突だな。まあ、好きだけど」

『そうか』博臣が淡々と続けた。『今日は早く帰れそうだ。夕飯は親子丼が食べたい。卵がふわふわでとろとろのやつがいい』

「……了解」

短い通話が終了する。わざわざ夕飯のリクエストをするために電話をかけてきたのだろうか。奏多はため息をつく。長電話をしないかわりに、定期的にかかってくるのだ。まるで行動を見張られているかのようで少々鬱陶しい。

六畳間から狭い板間の台所に戻ると、すでに冷蔵庫の設置は完了していた。

「ごめん、ごめん。全部やってもらっちゃって」

「いいっすよ。お仕事の電話ですか？　そういえば昨日、今週の土曜に引っ越しの仕事が入ったって、熊谷《くまがい》社長からうちに電話がありましたよ。また掘り出し物が入るかも」

「そうなんだ？　今月は引っ越しの手伝いが多いな。毎年三月、四月が忙しくて五月は一旦落ち着くんだけど。でも今は俺だけ別の仕事にかかりきりだからさ。事務所にもなかなか顔を出せなくて」

「ああ、そうらしいですね。人手が足りないって、みなさん嘆いてましたよ。大変ですね」

そうなんだよ、大変なんだよ——奏多は心の中だけで呟《つぶや》き、曖昧に笑った。

古い冷蔵庫を二人で軽トラックに積み込む。礼を言って高浪を見送ると、再び電話がかかってきた。また博臣だろうか。と思ったら、液晶画面に現れたのは別の名前だった。

「もしもし、植村《うえむら》さん？　こんにちは」

先日、恋人代行で彼氏役を依頼してきたお嬢様女子大生だ。

『北森《きたもり》さん？　こんにちは。元気？』

甘えるような甲高い声が返ってくる。八歳も年下だが、気安い言葉遣いは恋人役を演じた名残だろう。まだ昼間なので大学構内にいるのか、背後の雑音がうるさい。

『北森さん、今日は時間ある？　あったらちょっと付き合って欲しいんだけど』

「あー、ごめん。しばらく仕事が立て込んでて」

一瞬、間があいて、『そ、そっか』と返ってきた。

「何かあった？」

『ううん。実はこの前のパーティーで、みんなから羨ましがられたの。かっこいい大人の彼氏でいいなって。北森さん、打ち合わせ以上に完璧に演じてくれたから。私もちょっとドキッとしちゃったもん』

「そう？　付け焼き刃だけど、ちゃんとエリート商社マンに見えてたならよかった」

『うん。えっと、それでね。今日は、お、お礼に食事に誘おうかと思ったんだけど』

「お礼？　そんなの気にしなくていいよ」

奏多は笑って答える。

「料金はちゃんと払い込んでもらっているし、また何かあったらいつでも連絡して。ああでも、ちょっとしばらくは俺の体が空かないかもな。相談があればもちろん聞くし、うちの会社には腕のいい便利屋が他にもいるから」

『……う、うん。わかった。ありがとう。あ、友達が呼んでるから……またね』

通話が切れて、奏多は小さく息をついた。何か相談があったのかもなと少し気になる。

着信履歴を眺めると、ほとんどを博臣の名前が占めていた。分厚い層の間にサンドイッチ状態で、ところどころ別の名前が差し込まれている。

冷蔵庫の件でやりとりをした高浪を除けば、すべて過去に仕事の依頼を受けたお客さんだった。みんな奏多を指名してくれる常連さんだ。犬の散歩に部屋の片付け、害虫駆除に草むしり、運転や買い物代行などなど。いつもなら喜んで引き受ける仕事を、全部断らなければならないことが心苦しい。今の奏多は博臣と専属契約が成立しているため、破れば違約金が発生してしまうのだ。

熊谷の話によると、博臣が厭味ったらしくドンとテーブルに積み上げた前金で、割れた壺の弁償代は一括返済できたらしい。電話の向こう側で社長と後輩が代わる代わる礼を告げてくるのを聞きながら、ホッとした。無事に解決したのならよかった。後は、奏多が一ヶ月間の専属便利屋を立派に勤め上げるだけだ。

電車に乗って戻り、駅前のスーパーで買い物をしてからマンションに向かう。

マンションの付近にもスーパーがあるにはあるのだが、土地柄のせいかすべてのお値段が一般的なスーパーと比べて三倍から五倍は高い。その代わり品数は豊富だが、中には目が飛び出るほどの値段が掲げてある商品もあって、客層がかなり限定される店だ。自分の財布でないとはいえ、奏多が預かる以上、贅沢は敵である。

エントランスホールですっかり顔馴染《かおなじ》みになったコンシェルジュと挨拶を交わす。エレベーターに乗り込み、最上階の部屋に到着した。

リビングに入り、まず目をやるのがポールハンガーだ。

ちなみに、今日のエプロンはネイビーに白の大きなドット柄。ポケットが三つも付いていて意外と便利だった。よく見ると、ドットのいくつかには丸い耳がくっついており、クマが隠れている。いつも不思議に思うのだが、こんなかわいらしいエプロンを博臣はどこで見つけてくるのだろうか。

「あいつ、会社でのストレスを俺で発散してるっぽいよな……」

米を研いで炊飯器を仕掛ける。驚くことに、この家には奏多が来るまで炊飯器がなかった。鍋は貰い物の中華鍋とフライパンしかなく、食器も最低限。仕方がないので家電量販店に出向き、必要な調理器具を買い足したのだ。なぜか博臣まで仕事の合間に抜け出してきて、あれこれ言い合いながら一緒に選んだ物である。

キッチンで作業をしつつ、今朝ベランダに干した洗濯物を取り込み、忙しく動き回っていると、博臣が帰ってきた。

「ただいま。いい匂いがする」

「おう、おかえり。飯ができてるぞ。着替えてこいよ」

迎えながら、キュウリの浅漬けを盛りつけた器をテーブルに置く。

すっかり同居人だ。仕事である以上は公私混同しないよう気をつけるつもりでいたが、何だかんだで結局はこの距離感に落ち着いてしまった。博臣は自分から奏多とは依頼者と便利屋の関係だと言っておきながら、こちらが言葉遣いを改めたり下手に出たりすると途端に嫌な顔をする。

――普通でいい。

相変わらず何を考えているのかよくわからない男だと思う。しかしそれが依頼人の希望なら、奏多は従うしかない。

部屋着に着替えた博臣がいそいそと席につく。奏多はキッチンに戻り、あらかじめ鶏肉とタマネギを煮た割り下に溶いた卵を入れ、すぐに火を止めた。炊き立ての白飯の上に、甘辛のタレに絡めた半熟卵とほくほくの鶏肉を盛り付ける。

「ほら、ご注文のふわっふわでとろっとろの親子丼！」

ドンとテーブルに置くと、博臣が無言で湯気を吸い込んだ。

「美味そうだ」

「美味いよ。昔、定食屋でバイトしてたから、丼物は得意料理の一つなんだ」

自分の分も手早く器によそって、奏多は博臣と向かい合って座る。食事は二人一緒に。これも博臣が決めたルールだった。

手を合わせて「いただきます」と声を揃える。これは、奏多が自然と博臣のやり方に合わせるようになった。博臣はいつも奏多が作った料理を前に、礼儀正しく手を合わせる。そして食べ終わると必ず「ごちそうさま。美味かった」と言うのだった。

博臣はよほど腹がすいていたのか、丼を持ち上げ黙々と食べている。相変わらず見惚れるほど綺麗な箸使いなので、男らしく豪快に掻き込んでもがっついているようには見えない。しかし、見る間に器の中身は減っていく。これだけ気持ちのいい食べっぷりだと作り甲斐があるというものだ。味噌汁《みそしる》も小鉢のオクラの和え物も、あっという間に食べ終えてしまった。

「ごちそうさま。美味かった」

「お粗末さまでした」

「これは土産だ」

突然博臣がブラウンとラズベリーカラーの紙袋を取り出し、テーブルの上に置いた。

「何？」

「会社の傍に新しいショコラ専門店がオープンしたんだ。社内でも美味しいと評判がよかったようだから、買ってみた。チョコレートは好きなんだろ？」

言われて昼間の電話を思い出した。あれはこのことだったのか。

「ああ、うん。ありがとう。開けてもいい？」

博臣が頷くのを待って、奏多は中に入っていた箱を開けた。

十二個入りのチョコレートは一つずつ形が違う。どれも凝っていて、見るからに高そうだ。以前、ＯＬさんの依頼でバレンタインチョコの大量買い出しに付き合わされたことがあったので、大体の相場はわかる。

「一個、食べていい？」

「一個といわずに、全部やる。俺は普段、あまり甘い物は食べないから」

「そうなのか？　それじゃ、遠慮なく。いただきます」

黄色いストライプ模様のボンボンショコラを選んで、口に入れた。ゆっくり歯を立てると、中からとろりと甘酸っぱいレモン風味のガナッシュが溶け出してくる。爽やかな酸味と優しい甘さに、思わず目を瞠った。

「どうだ？　美味いか」

「うん、これメチャメチャ美味い！」

一瞬きょとんとした博臣が、次の瞬間、プッと小さく吹き出した。

「そんなに喜んでもらえるなら、並んで買った甲斐があった」

「え、並んだのか？　お前が？」

「女性客ばっかりで、居心地は最悪だったけどな」

「アハハ、そりゃそうだろ。お前みたいな男が一人で並んでたら注目の的だって。俺も、挙動不審のお前を見てみたかったな。女性客にジロジロ見られながらチョコを選んでるところを遠くから眺めて笑いたい」

「……性格悪いな」

「お前に言われたくないって」

「俺のどこが性格が悪いんだ」

本気で首を傾げる博臣に奏多は半ば呆れて笑った。

ここに連れて来られた当初は、この先どうなることかと憂鬱でしかなかった。しかし、思った以上に待遇は良く、依頼主との関係性も通常とは異なるせいか、うっかり仕事と忘れて過ごしてしまっている瞬間がある。博臣と数日一緒に過ごしてみて、何か裏があるのではないかと警戒していた自分の思考も少しばかり変化してきたようだった。

友人同士の他愛もない会話、気楽な食事。高校時代の一時期は、こんなふうに過ごしたこともあったのだと、ふと懐かしく思うことがある。あんなことさえなければ、もっと彼と仲良くなれていたのではないか。――そう、考えても詮無いことを今でも考えてしまう。

過去をすべて水に流し、今また改めて友人関係を築くことは可能だろうか。おかしなもので、どういう心境の変化か、心のどこかでそんなふうに望んでいる自分もいるのだ。博臣の思考回路はいまだに掴めない上、時々自分の気持ちまでもがよくわからなくなる。

グラスを取ろうと手を伸ばした時、エプロンの胸ポケットに何か異物感を覚えた。

不思議に思って手を突っ込んでみると、ボールペンが入っていた。奏多が取り出したそれを、博臣がびっくりしたような顔でじっと見つめてくる。

「ああ、ごめん。電話のところにあったヤツを借りたんだった。後で返しておくから」

「……いや。たくさんあるから使ってくれ。何なら新品もあるぞ」

「そうなのか？　じゃあ、ちょっと借りとく。そういえばさ」

奏多はふとキッチンを見やった。無駄に大きな冷蔵庫に小さなマグネットが貼り付いている。ずっと違和感があったのだ。この部屋には明らかに不釣り合いな、かわいらしいうさぎのマグネット。そして、ボールペンにも同じうさぎのキャラクターが描かれている。

「これって、お前の趣味？」

「……貰い物なんだ」

「貰い物？」

「そんなことより、ペンを持っているならちょうどいい。これにサインしてくれ」

奏多の言葉を遮るようにして、博臣が一枚の紙をテーブルの上に滑らせた。

「何だこれ？」

文字でびっしり埋まった紙面を見せられて、一瞬目が滑る。一番上に記された四文字が目に入った途端、盛大に自分の顔が引き攣るのがわかった。

【恋人契約　――甲は乙に対し、以下のサービスを提供することを約束します。】

「はあ？　何だよ、恋人契約って！」

奏多は思わず立ち上がり、いかがわしい文字の並ぶ紙面と博臣を交互に凝視した。

「便利屋は各種代行業務も引き受けているんだろう？　熊谷社長にはもう許可を取っているんだ。俺はオプション追加で恋人代行を所望する」

「ふざけんな！」

「ふざけてない。この五日間、俺は真剣に考え抜いてそのリストを作成したんだ」

真面目な顔をしてそう言った博臣が、トントンと指先で紙面を叩く。項目の一番上にはこう記してあった。

【①　毎朝起床時には、甲は乙を起こす際、キスをして起こすものとする。】

「恋人らしいだろ？」

「アホか！」

怒りに任せて、契約書を真っ二つに引き裂いた。

「おい、何をするんだ。せっかく作ったのに」

「どんだけ暇なんだよ！　大体、男同士で何が恋人契約だ。まさか、お前……」

ハッと奏多は博臣を見つめた。薄れていた警戒心が蘇る。一瞬悩んだが、疑いを持ったまま残りの三週間を乗り切るのは精神的に辛い。いずれ知ることになるのなら、今ここではっきりさせておいた方がいい。

「お前さ、やっぱり男のことが好きなの？」

思い切って問いかけると、博臣が面食らったように目を瞬かせた。短い沈黙の後、軽く首を左右に振る。

「……いや」

「だったら、何でこんなものを持ち出してくるんだよ」

「わからないか？」

反対に訊き返されて、奏多は思わず押し黙ってしまった。じっと見つめてくる意味深な眼差しが、奏多の過去の記憶をチリチリと呼び覚ます。

——俺は、他の男に興味があるわけじゃない。

十七歳の博臣は言った。

——北森が初めてなんだ。男女問わず誰かをこんなに好きになったのは、北森が初めてだから。

まさかと思う。まさかこいつは、今もまだ俺に対して恋愛感情を持ってるのか……？

固まってしまった奏多を前に、しかし博臣はどこか呆れたように目を眇《すが》めると、ハアと聞こえよがしのため息をついた。

「単なる暇潰しだ」

「……は？」

奏多は自分の耳を疑った。

「ただ普通に家政夫をやってもらうだけでは面白みに欠けるだろ？　こういうオプション

があるのなら試してみるのも面白いと思ったんだ。熊谷社長もお勧めしていたことだし。頼めば女装してデートもしてくれるんだって？」

フフンと厭味ったらしく鼻を鳴らす博臣をぽかんと見つめる。——揶揄われたのだ。そう頭が状況を理解した次の瞬間、カアッと顔が火を噴いたみたいに熱くなった。羞恥と苛立ちがない交ぜになって怒りが爆発する。

「——しねぇよ！　絶対に女装はしないからな！　デートなんてもっとするわけねぇだろ！　ふざけんなよ、この変態！」

「俺は変態じゃない」

博臣が真顔で否定したその時、エプロンのポケットでバイブ音が鳴った。言い合いを中断して、奏多はスマホを確認する。メール受信。——内心でため息を零す。

「…………」

「どうした？　誰からだ」

奏多は顔を跳ね上げると、何でもないと首を振った。

「ただの迷惑メールだよ。それより、ここに書いてあるのは全部却下だからな」

「①はダメか。だったら、②でどうだ？　いってらっしゃいのキスだ」

「激しく却下！　というか、何で破ったはずの紙が元に戻ってんだよ」

ビリビリに破り捨てた契約書が、なぜか博臣の手にあった。

「どうせこうなるだろうと思って、予備を作成しておいたんだ」

「――くっ、よこせよ。それも破ってやるから」

「断る。いってらっしゃいのキスの次はおかえりなさいのキスだ。その次はおやすみなさいだな。本当は四つすべてと言いたいところだがここは二つに譲ってやる。さあ、選べ」

「今すぐそれをよこせ！」

今度こそ博臣と友人になれたらと、そんな淡い期待を抱いていた自分を恥じた。今の彼にはかつての誠実であやうい熱情に揺れていた面影はまったくない。

「知人に女装グッズに詳しい人間がいる。今度話を聞いて、お前に似合うアイテムを見繕ってもらうかな。それを着てデートしよう」

目の前にいる男は、ただ奏多を揶揄って楽しんでいる意地の悪い変態だった。

●6●

史香《ふみか》から電話が掛かってきたのは、専属便利屋を始めてそろそろ半月が過ぎようとする頃だった。

ちょうど博臣《ひろおみ》の頭を膝に乗せて、耳掻きをしている最中だった。

好きでやっているわけではない。せっかく作った契約書が無駄になると、博臣が文句をつけたのだ。必死に抵抗したものの、口達者な彼にこれは仕事だ何だと言い切られてしまい、結局、奏多《かなた》が折れる形で決着がついたのである。

リストの項目はどれもこれもふざけた内容だった。ギリギリ譲れるものだけを選別し、更にじゃんけんで奏多が負けた場合に限り実行することを約束する。そうして先ほど、耳掻きを賭けたじゃんけんで負けてしまったのだ。

昨日も負けたばかりだった。休日の過ごし方について揉めたのである。

便利屋として奏多が引き受けた仕事内容は、主に家事や雑用だ。多忙な博臣一人では、とても普段は家の中の事にまで手がまわらないという理由から雇われたはずで、それなら彼が休暇を取れば奏多も自動的に休みになるとばかり思っていた。ところがだ。一人でいてもつまらない。休日も自分に付き合えば特別手当を付けるぞと、人の足元を見た博臣が偉そうに言い出した。悲しいかな、お金と聞いてピクッと反応した奏多は、まんまとその案に飛びついてしまったのだった。金は稼げる時に稼ぎ、もらえるものはもらっておけ。ただし犯罪行為を除く。——奏多の座右の銘である。

金の力に負けて、更にはじゃんけんにも負けて、昨日は博臣の希望でドライブに連れ出された。

渋々出かけたものの、目に鮮やかな新緑は綺麗だったし、山の中の童話に出てくるようなレストランで食べた料理は驚くほど美味しかった。成り行きで近くの工房に寄り、なぜかポプリを作りハーブティーの淹《い》れ方まで教わった後、日が沈むと展望台に連れて行かれた。二人で夜空を見上げ、しばらく満天の星を眺めて帰ってきたのだ。

昨日はドライブ、今日は耳掻き。公平なじゃんけんで負けてしまえば文句も言えない。のろのろとソファに腰掛けた奏多の膝に頭を乗せて、博臣が満足そうに言った。

「新婚夫婦みたいだな」

暇潰しという名の嫌がらせだ。奏多の嫌がる顔を見て楽しんでいるのは明らかだった。

「……黙れ。手が滑って怪我をするかもしれないぞ」

「安心しろ。怪我したら責任をとって結婚してやる」

「いや、怪我するのはお前だからな。俺は責任なんてとらないけど。お前もさ、こんなバカみたいな遊びしてないで、早く本物の嫁さんをもらえよ。知ってるんだぞ？　昨日だって、女から電話がかかってきてただろ」

膝の上で博臣がピクッと狼狽えた。

「……あれは、そういうのじゃない」

「下手な言い訳は見苦しいぞ。博臣さんって呼ばれてたくせに。相手の嬉しそうな声がこっちにまで聞こえてたっつーの……」

さくらんぼ柄のエプロンのポケットが震動したのはその時だった。

液晶画面に史香の名前を確認した瞬間、奏多は慌てて膝の上から博臣の頭を払い落とした。「痛い」と不満を零す博臣をよそに、奏多はあわあわしながら電話に出る。

『北森《きたもり》くん？　久しぶり。そっちは何だかおかしなことになってるんだって？』

第一声から彼女はすでに面白がっていた。どういうわけか事情はすべて筒抜けらしい。

『三十路前の男が二人で家に籠もっていてもつまらないでしょう？　北森くんも、そろそろ癒やしが欲しい頃だと思うのよ。そこで、ベビーシッターをする気はないかしら？』

要するに、彼女の話はこうだ。博臣が出社している間、手が空いたら奏多に史香の息子の面倒を見てもらいたいというのだ。給料は弾むわよと魅惑の言葉が添えられる。

博臣と代わってくれと言われて、スマホを渡した。博臣が渋面を作る。しばらく姉と弟のやりとりが続いていたが、次第に博臣の口数が減りはじめた。奏多を言い負かす博臣も、史香には勝てないらしい。結果は聞かなくてもわかりきっていた。奏多も異存はない。

電話を終えた博臣が、珍しく殊勝に謝った。

「悪いな。甥《おい》っ子のお守りまでさせることになって」

「別に構わないよ。どうせ昼間は手が空いてるんだし。便利屋《うち》に子どもの世話を頼む親御さんもいるからな。経験がないわけじゃない。子どもを預けてもらえるのは、信用されてるってことだから、ありがたい話だよ。それよりも、史香さんに言いくるめられるお前に笑った。うちは女兄弟いないけど、やっぱり勝てないものなのか？」

「姉は……初対面で、コンビニでガムを買って来いと俺をパシらせる人だったからな」

「ブハッ、史香さんらしい」

「俺はずっと一人っ子だったから、姉とはこういうものなのかと受け入れたんだ。でも後になって、あの人が例外だったと気づいた。まあ、気づいた時にはもう遅かったけどな。義兄とは気も合うし、甥っ子はかわいいが、どうにもあの姉だけは何年経っても慣れないな。嫌いじゃないんだが、苦手だ。あの人は女王様なんだ」

「アハハ、女王様！」

確かにその異名は、やり手女社長の彼女のイメージにしっくりくる。

その史香女王様たっての依頼で、奏多は翌日から新たにベビーシッターを引き受けることになった。熊谷《くまがい》社長に事情を話すと、今回は博臣と史香が親族関係にあり、専属契約範囲内の仕事として処理してもいいと言われた。つまり、ベビーシッターで得た給料はそっくりそのまま奏多の懐に入るというわけだ。それを聞いて俄然《がぜん》やる気が増す。

いつも通りに午前中は博臣のマンションで家事をこなし、一度自宅に戻って今度は家の洗濯機を回す。溜まっていた洗濯物を干し、再び家を出る。

集合ポストの前で顔見知りと出会った。

「あ、北森さん」

大家の孫娘である妃奈乃《ひなの》だった。奏多よりも三つ年下で、普段はレストランで働いていると聞いている。彼女もアパートの一室に住んでいる。

近所で一人暮らしをしている祖父の家を行き来しており、手が空くと管理業務を手伝っているそうだ。いい子なのだと、大家さんが嬉しそうに話してくれたことがあった。

ちょうどよかったと、彼女が言った。

「お部屋のことなんですけど、再来月末でまた更新になりますよね」

「──あっ、そうだった」

奏多はしまったと軽く唇を噛み締める。少し前にも大家さんから言われていたのだ。入居してかれこれ六年。三度目の更新手続きが迫っているが、すっかり忘れていた。

「ごめんなさい。今、ちょっと急いでいるから、また改めて伺ってもいいですか」

「わかりました。どちらにしても、来月半ばまでにはご連絡下さい」

妃奈乃が淡々と頷く。黒髪の美人なのに、相変わらず口調と態度が素っ気無い。彼女に会釈をして、奏多は急いで門を出た。史香との待ち合わせに遅れてしまう。

待ち合わせ場所に到着すると、史香が手を振って待っていた。

「北森くん！　こっちこっち」

「すみません、遅くなって」

「ううん、時間通りよ。これがうちの子。ほら晃太《こうた》、挨拶しなさい」

「四宮《しのみや》晃太です。六さいです。よろしくおねがいします」

隣に立っていた幼児がぺこりとお辞儀をした。想像よりも随分としっかりしていることにびっくりする。奏多も慌てて自己紹介をした。

「北森奏多です。よろしくね、晃太くん」

天使の輪が浮かぶつやつやの髪を撫でると、晃太が照れ臭そうにこくりと頷いた。

「この前までお願いしていたベビーシッターが家庭の事情で辞めちゃってね。この子は一人でも大丈夫だって言うんだけど、そういうわけにもいかないから困ってたのよ」

晃太は、以前は私立幼稚園に通っていたという。しかし、両親が共働きな上、何かと母親の負担が大きい学力重視の幼稚園は史香に合わず、また晃太も馴染めずにいたらしい。相談して知人が経営する保育園への転園を決めたそうだ。

普段は比較的自由に動ける史香がお迎えに行き、晃太をベビーシッターに預けて再び仕事に戻るという話だった。

「ちょっと人見知りをする子でね。でも、北森くんは博臣の親友だっていったら、この子がじゃあその人がいいって言うから」

「親友……？」

「晃太は博臣が大好きなのよ。ね、そうよね？」

「博臣おじさんは、すごい人なんです。僕は尊敬しています」

晃太が両手の拳を握り、急に目を輝かせはじめた。

「僕は大きくなったら、博臣おじさんといっしょに、ひいおじいちゃんの会社をもっともっと大きくしたいのです」

小さな鼻の穴を膨らませて、立派な夢を語る六歳児に圧倒されてしまった。

「……そっか。俺も応援するよ。頑張れ」

晃太が嬉しそうに頷く。史香が少し呆れたように我が子を見下ろして言った。

「ね？　こういう子なのよ。まあ、今言ったことはあまり気にしないで。一人で本を読んだりするのが好きな子だから、家の中で暴れたりすることはないと思うわ。六時にはこの子の父親が帰宅するから、それまで頼めるかしら」

「わかりました」

博臣は仕事が忙しく、今夜は遅くなりそうだと言っていた。向こうの夕食の仕度はしなくてもいいので、時間的にも問題はない。

立派なマンションの自宅に通されると、後のことは詳しく書いておいたからと封筒を渡される。会社に戻る史香を見送り、さてと振り返ると、晃太はもう一人で読書を始めていた。児童書のようだが、六歳とは思えない集中力で、うっかり声も掛けられない。

仕方ない。奏多はリビングのソファに行儀よく座っている晃太の邪魔にならないよう、ダイニングテーブルに腰を下ろして史香から渡された手紙を読むことにする。奏多の仕事内容と、部屋のどこに何が置いてあるのかなどの説明だ。

おやつの記述を見つけて、奏多は冷蔵庫を開けた。小さなケーキボックスを発見する。

メモが貼ってあった。『二人で食べてね』

「晃太くん。ちょっと休憩して、おやつにしようか。ケーキがあるよ」

晃太がハッと顔を上げる。こくりと頷いて、テクテクとやって来た。手紙によるとココアが好きらしいので、牛乳をたっぷりと入れたココアを作って置いてやる。五つあるケーキの中で、晃太はチーズケーキを選んだ。奏多はイチゴのショートケーキにする。

「いただきます」と、行儀よく小さな手を合わせる晃太に、一瞬博臣の姿が重なった。仕草がそっくりだ。おそらく博臣を見て真似たのだろうが、あまりにそっくりすぎて思わず笑いが込み上げてくる。

「それは、ピットですか？」

「ん？」

晃太がテーブルの一角を興味深そうに見つめていた。ボールペンだ。博臣から貰った物で、最近はずっと持ち歩いている。彼から頻繁にかかってくる電話の内容は大概どうでもいいことだが、時々メモが必要な要件も混ざっているからだった。

「ああ、このボールペンがどうかした？　というか、晃太くん、ピットって何？」

「ピットというのは、そのうさぎの名前です」

晃太が教えてくれる。ボールペンに描かれているキャラクターの白うさぎは、ピットというのだそうだ。他にもラックという黒うさぎがいるらしい。そういえば、博臣の家の冷蔵庫にくっついていたうさぎのマグネットにも白と黒がいた。

「絵本に出てくるんです」

「へえ、これって絵本のキャラクターだったんだ？　この本は流行ってるの？」

「保育園にはシリーズが全部あります。僕も持ってます。奏多さんも読みますか？」

そう言うと、晃太は「ちょっと待っていてください」と椅子を降りて、タタッと子ども部屋に走って消えていった。すぐに薄い絵本を二冊抱えて戻ってくる。

「これがピットとラックです」

「ああ、なるほど。ふうん、こういう絵本だったんだ？　かわいいイラストだね」

絵本の表紙では子どもが好きそうなかわいらしい白と黒のうさぎが寄り添っている。内容は、擬人化されたふたりの仲良しうさぎの日常を描く絵日記のようなものだ。大人気シリーズらしく、すでに十作以上出版されているらしい。

ケーキを食べ終えた後、奏多は読書に没頭する晃太と一緒になって絵本を捲《めく》った。

『ピットとラックのみずあそび』は、水が怖い白うさぎのピットに、黒うさぎのラックが泳ぎの方法を教えてあげるという話だ。

しかし読み進めていくうちに、これが何とも妙な既視感を覚えるものだった。

よくある話だが、どうにも『水が怖い』『泳ぎを教えてもらう』という設定が、自分の高校時代と重なって仕方ない。白うさぎのピットは黒うさぎのラックのおかげで怖かった水が大好きになるのだが、そこまで読んで、奏多は何だか尻の辺りがむず痒《がゆ》くなった。ラストはピットがお礼にラックの大好きなパンケーキを作り、ふたりで仲良く食べてめでたしめでたし――。

静かに絵本を閉じて、奏多はふと過去に思いをめぐらせた。

当時の博臣が、下心があって奏多に声をかけてきたのだろうことは明白だ。しかし、最後まで熱心に水泳の特訓に付き合ってくれたのも事実だった。ピットとラックのように、奏多も博臣のおかげで泳げるようになったのだ。

ピットがパンケーキを作り、ありがとうとラックに伝えている場面を眺めて、奏多の中に少しばかりの後悔が込み上げてくる。あの時の自分にも、きちんとお礼ぐらいさせて欲しかった。

無防備の奏多にいきなりキスを仕掛けてきた博臣がもちろん悪い。

だが、それくらい十七歳の彼は奏多のことが好きだったということなのだろう。我を忘れて思わず衝動的に想いをぶつけてしまった当時の博臣の動揺と混乱を、今なら奏多も理解できた。

しかし、現在の博臣が過去をどう処理しているのかはわからない。奏多の自己満足でその話を持ち出されても迷惑なだけなのかもしれないなと考える。

奏多が博臣を疑って男が好きなのかと問い詰めた時、彼は単なる暇潰しだと答えた。今思うと、あれは、本当に訊きたかった質問を上手くかわされた気がしないでもない。

まあ、いいか――奏多は絵本を閉じた。何だかんだ言って、博臣との契約は大きな問題もなく遂行中だ。昔のことは下手に蒸し返さない方が自分のためだ。

「ねえ、晃太くん」

奏多が声をかけると、晃太がパッと顔を上げた。

「ごめんね、邪魔しちゃって。晃太くんは、博臣おじさんとはよく会ったりするの？」

晃太がこくりと頷いた。

「はい。ママとパパと僕とおじさんとで、ごはんを食べたりします」

「へえ。じゃあ、おじさんが好きな食べ物を、晃太くんは知ってる？」

晃太がどんぐり目をぱちくりとさせて首を大きく傾ける。難しい顔をして考え込んでしまった。わからないならいいよと言おうと思ったその時、ハッと小さな口を開く。

「――あ、サンドイッチ！」

「サンドイッチ？」

「はい。博臣おじさんは、サンドイッチが好きだって言ってました。タマゴとかハムとかチーズとかを挟んだやつです」

「へえ。どこか有名なベーカリーで売ってるような物かな」

「高校生の時によく食べたんだそうです。セイシュンのアジだって、言ってました」

「青春？　学生の頃だったら購買のサンドイッチか、コンビニとかだろうけど……」

博臣と校内で一緒に昼食をとったことはなかったので、当時彼が何を食べていたのかは不明だった。

「ふうん。甘い物は苦手みたいだし、パンケーキよりはサンドイッチの方がいいか」

独りごちる奏多を、晃太が不思議そうに見てくる。

「あ、ごめんごめん。もう邪魔しないから、ゆっくり本を読んでていいよ。そうだ、夕飯は何にしようか。ママは冷蔵庫にあるものは何でも使っていいよって言ってくれてるんだけど、晃太くんは何が食べたい？　俺、結構料理得意だよ？」

「ハンバーグ！」

幼い声が鼻をむふんと膨らませて叫ぶ。

初めて六歳児らしい発言を聞いたなと、奏多は思わず頬を弛《ゆる》ませた。


今日は遅くなるだろうから、夕食は会社で済ませる。

博臣からはそう聞いていたので、奏多はマンションに戻って雑用を済ませたら早々に帰宅するつもりだった。

それが何となくスーパーに寄ってサンドイッチ用のパンを購入し、エプロンを締めてキッチンに立った。黙々と作業を終えると、荷物を持って出かける。

電車に揺られてやって来たのは、桐丘《きりおか》グループ本社ビルの前だった。

時計を確認すると午後八時を回っていた。見上げた高層ビルは、明かりが消えたフロアも多く見受けられる。このどこかに博臣がいるはずだった。

さて、ここからどうしよう。

何となく思い立ったままに行動してみたものの、仕事場まで押しかけるのはさすがにやりすぎだったかもしれない。とりあえず電話をしてみて、邪魔ならすぐに帰ればいい。

スマホを耳に当てる。

五回コールの後、『もしもし？』と博臣が出た。

「北森だけど。今、話しても大丈夫か？」

『ああ、構わないが』博臣の声が僅かに訝しがる。『どうした？　珍しいな、そっちから電話を掛けてくるのは。もうベビーシッターは終わったのか？』

「うん。旦那さんが帰ってきたから交代して、今はお前がいるビルの前」

『えっ？』

思わずといったふうに、電話越しの声が跳ね上がった。

「夕飯はもう食べた？　まだなら軽くつまめる物を作ってきたから、よかったら食べてくれ。遅くなるようなら夜食にしてもらってもいいし。忙しいだろうから、誰かに預けておくよ。ああでも、もう受付には誰もいないか」

『いや、今から俺がそっちに行く。中に入って待っていてくれ』

そう言うと、博臣は一方的に電話を切ってしまった。

自動ドアを通り、広々とした吹き抜けのエントランスホールで待っていると、まもなくして到着したエレベーターから博臣が現れた。がらんとしたロビーに靴音が響き渡る。

「悪い、待たせたな」

軽く息を切らせて、博臣が言った。

「そんなに走らなくてもよかったのに。こっちこそ、忙しいのにごめん」

呼吸を素早く整えて、博臣が微かに笑いながら首を左右に振った。スーツ姿は今朝マンションを送り出した時と変わらないのに、背景が違うだけでなぜか別人のように見える。

「これ、晃太くんと一緒に作った物も入ってるんだ。あと、こっちはスープ。容器はシンクに置いといてくれたら、明日まとめて洗うから。それじゃ、俺はこれで……」

「待ってくれ、もう帰るのか?」

博臣が焦ったように言った。

「まあ、これを渡しに来ただけだし。そっちはまだ仕事が残ってるんだろ?」

「今から少し休憩にする。お前も寄っていけよ」

博臣が奏多の腕をぐっと掴んで引き止めてきた。

「お茶ぐらいは出す。そうだ、チョコが冷蔵庫に残ってるぞ。一人で飯を食うのは嫌だ」

「嫌って……いい大人が子どもみたいなこと言うなよ」

呆れた。すらりとした長い手足に広い肩幅を持つ博臣は、同じ男から見ても羨ましいくらいにスーツ姿が様になっている。普段ビジネススーツとは縁がない生活を送っている奏多からすれば、正にできる男のイメージそのものなのだが、中身がこれでは納得がいかない。甘えたいのにどうやって甘えていいのかわからない、不器用な子どもみたいだ。六歳の晃太の方がよほど大人に思えてしまう。

「……チョコがあるなら、ちょっとぐらいは居てやってもいいけど」

「よし、決まりだな」

博臣がパッと晴れやかな表情を見せる。晃太が「ハンバーグ！」と叫んだ時の顔によく似ていて、奏多は思わず小さく吹いてしまった。

思えば、昔から不器用な男だった。よく見れば整った女好きのする容姿をしているにもかかわらず、それをまったく活かすつもりがない。他人に興味がなく、寡黙で近寄りがたい雰囲気を自ら纏わせているようにも感じられた。しかし実際の彼は、話してみると案外周囲をよく見ていて、一人で必要以上に考えすぎ、それゆえに気遣いの方向性が少々間違ってしまうような、そんな奴だった。博臣のそういう不器用なところを奏多は気に入っていたのだ。

あれから十年が経ち、随分と性格が変わってしまったと奏多は嘆いていたけれど、意外と根っこの部分はそのままなのかもしれない。

年齢と経験を重ねた分、自分を偽るのが上手くなっただけ。それが奏多の前では無意識にガードを緩めてしまう。

ふと疑問が湧いた。どうして奏多の前でだけなのだろう――。

博臣に促されて、エレベーターに乗り込む。奏多はちらっと彼の横顔を窺い、すぐに深く考えることをやめた。心臓があやしくざわめき、密室の中が急に息苦しくなる。

エレベーターが到着すると、奏多は急いで外に出た。手団扇で顔に風を送り、深呼吸を繰り返す。そんな奏多を、博臣が不審げに見つめてくる。

「専務」

その時、廊下の前方から一人の年輩男性が歩いて来た。立ち止まり、博臣に一礼する。ちらっと目線がこちらに向けられる。奏多は慌てて会釈して、脇に身を除けた。

「まだ残っておられたのですか」

「ええ、今日中に済ませてしまわないといけない仕事があるもので」

二十ほども年が離れているだろう彼が、感心したようにそうですかと頷いた。

「そういえば専務。先ほど、コーヨー商事さんからお電話がありました。例の件、あれで進めたいそうです。専務が機転を利かせてくださったおかげです。ありがとうございました。先方も喜んでいましたよ」

「そうですか。上手くいってよかった」

博臣が落ち着いた笑みを浮かべる。奏多と話している時と比べて、口調も雰囲気もまるで違う。会社での彼はこんな感じなのかと、初めて見る博臣の姿に驚かされた。

その後、男性社員は博臣に挨拶をし、奏多にまで丁寧に会釈をして、止まっていたエレベーターに乗り込んだ。

「北森、行こう」

博臣が歩き出す。奏多も慌てて後を追った。

「……お前、やっぱり凄い奴だったんだな。そりゃそうか。その歳で専務だもんな」

「何だよ、やぶから棒に」と、博臣が訝しむ。

「別に、凄くなんかない。俺は与えられた仕事をしているだけだからな。社員は俺が社長の息子だと知っているから、余計な気を遣うだろうし。本当に凄いのは父や祖父だよ」

「いやでも、史香さんも頭がきれる弟でよかったって言ってたし、さっきの人もすごくお前を信頼してるみたいだった。俺もさ、仕事絡みで地元の小さな会社をいくつか訪ねたけど、社員さんの目線や態度で何となく上司との関係性ってわかるもんだよ。ニコニコしても、隠せない雰囲気っていうの？　俺、そういう勘は当たるから。少なくとも、あの人はお前自身のことを認めていると思うけど」

急に立ち止まった博臣が、面食らったような顔をして奏多を見つめてきた。

「……だといいけどな」

ぼそっと素っ気無く言って、目線を僅かに外す。歩きながら、しきりに喉元を擦っていた。照れた時の彼の癖だった。

「ここが、俺が使っている部屋だ」

専用執務室に通される。内装はシンプルだが思ったよりも広い。中央に据えられたソファセットに腰を下ろし、思わずキョロキョロと部屋中を見回してしまう。

「変わってないな」と、博臣がおかしそうに言った。

「え？」

「そうやって好奇心を剥き出しにしてキョロキョロするところ。初めてホテルのプールに行った時も、今みたいな顔でキョロキョロしていた」

「――――！」

奏多は狼狽した。子どもみたいに落ち着きのない自分を指摘されたのが恥ずかしかったし、何よりいきなり当時の話題を持ち出されて焦った。

「そ、そうだったっけ？　もう忘れたよ。それより、さっき渡した袋を貸して。すぐ食べるだろ？　準備するから」

「ああ、そうだな。北森はコーヒーでいいか？」

頷くと、上着を脱いだ博臣は一旦部屋を出て行った。しばらくして、盆にコーヒーカップをのせて戻ってくる。普段はこういうことは秘書がするものなのだろう。

「お前の好きなチョコだ」と、コーヒーと一緒に見覚えのあるロゴがデザインされた箱がテーブルに置かれた。

「もうこんな時間だったんだな。気が付かなかった。道理で腹が減るわけだ」

「そんなに忙しいのかよ。今日は晃太くんと一緒にハンバーグを作ってさ。それをおじさんにも食べさせたいって言うから、パンに挟んで持って来たんだけど」

容器の蓋を開ける。博臣が軽く目を瞠った。

「……サンドイッチ？」

「そう。野菜スープもあるぞ。晃太くんって、六歳とは思えないくらいしっかりしてるよな。博臣おじさんを尊敬しているんだってさ。将来はこの会社で働きたいんだと」

「そうか」博臣が僅かに唇を引き上げた。「あいつをがっかりさせないよう、俺ももっと頑張らないといけないな。食べてもいいか？」

「どうぞ」

スープジャーを開けて、野菜のコンソメスープをプラスチックのスープ皿に移す。この方が見た目もいいし、食べやすいだろう。安売りしていたピンクのプラスチックスプーンを添えた。

博臣がまずはハンバーグサンドをつまみ、かぶりついた。

「……美味い」

「よかった。晃太くんにも伝えておくよ」

小さめにカットしてあるので、博臣は次々と手を伸ばす。

タマゴサンドを手に取った時、一瞬動きが止まった。しばらく何の変哲もないサンドイッチを眺めた後、ゆっくりとかぶりつく。博臣がふっと幸せそうに微笑んだ。

「……すごく美味い」

「本当に好きなんだな」

チョコレートをつまみながら、奏多は少々意外に思った。舌が肥えているはずの彼が、庶民の味の焼きソバやサンドイッチを好んで食べる様子は、どことなくちぐはぐに見えて面白い。

「実は、晃太くんにお前の好物は何か訊いたんだよ。そしたらサンドイッチだって言うからさ」

「わざわざ晃太に訊いて、これを作ってくれたのか？」

予想外のところに反応して驚く博臣に、奏多は思わず拍子抜けしてしまった。

「……まあ、一応。俺が、お前の食事を管理しているわけだし？　好物ぐらいは知っておいた方がいいかなと思って」

本当は絵本に影響されたのだとは、恥ずかしくてとても言えなかった。これは奏多の自己満足だ。素直な白うさぎに倣い、とりあえず博臣が美味そうに食べる様子を見ることができただけでよしとする。

「昔もこうやって、北森が作ったサンドイッチを食べさせてもらったことがあったよな」

ふいに博臣がそんなことを口にした。奏多は我に返って、首を傾げる。

「覚えてないか？　学校が休みの日にも、水泳の特訓は続けていただろ？　そういう時は北森がちゃんと昼飯を用意していて、俺にも分けてくれたじゃないか。わざわざ金を使うのはもったいないって」

「――ああ、そういえば」

確かにそうだった。当時、母親が近所のパン屋にパート勤めをしていて、余った食パンをたくさん貰ってきていたのだ。冷凍庫の中は常にカチカチのパンで満杯だった。

「このタマゴサンドは、あの時の味だ。懐かしい」

「よく覚えてるな、そんなこと。タマゴサンドなんて、どれも同じだと思うけど」

「そうでもないぞ。あれからいろいろな店のタマゴサンドを食べたけど、どれもこの味とは違ってた。これは、北森にしか作れない特別な味なんだな」

しみじみと言われて、無性に恥ずかしくなる。いちいち言うことが大袈裟なのだ。

「こっちはハムとキュウリか。そうだった、北森の作るヤツはレタスじゃなくてキュウリなんだ。これはスライスチーズとツナマヨ。この組み合わせは初めてだったから、面白いなと思って食べたのをよく覚えてる」

博臣がいちいちコメントを挟みながら、一つ一つ楽しそうに頬張る。奏多にとってはどれも子どもの頃から食べていた味で、それを博臣とも共有していることが不思議だった。

——セイシュンのアジだって、おじさんは言ってました。

晃太の声が蘇る。てっきり購買かコンビニのサンドイッチかと思っていたが、博臣が言うそれは、まったく別の物だった。奏多が冷蔵庫の中身をあさって適当に作った、パサパサのパンで挟んだサンドイッチ。

あんな物が博臣にはずっと記憶に残っているほどおいしく感じられたのだろうか。

いや、そうじゃない——奏多は思い直す。当時の博臣は、奏多のことが好きだった。だとすれば、サンドイッチ自体の味は関係なく、それを奏多が作ったという事実に意味があったのだろう。好きな相手が作ったものだから、特別な味として記憶に残る。

「コーヒーがもうないな。淹れてくる」

博臣の声で、瞬時に現実に引き戻された。

「あ、俺が淹れるよ」

「いいから、座ってろ」

慌てて腰を上げようとした奏多を制して、ご機嫌な博臣が部屋を出て行く。

一人取り残された奏多は、そわそわと落ち着かない気分だった。テーブルの上に置かれた食べかけのサンドイッチを見ては、意味もなく立ったり座ったりを繰り返し、仕舞いには部屋の中をうろうろと歩き出す。

——これは、北森にしか作れない特別な味なんだな。

嬉しそうにサンドイッチを頬張る博臣の顔が脳裏に蘇る。途端にカアッと顔が熱くなるのが自分でもわかった。

今日の博臣はやけに昔話を口にする。彼は当時の話題をわざと避けたがっているように思えたが、そういうわけでもないらしい。奏多はいたたまれない気分になる。

トン、と肘が何かに当たった。

ハッと振り返ると、執務机に積んであったファイルがぐらついているのが目に入る。

「うわっ」

慌てて両手で押さえた。何とか崩落を回避して、ホッと胸を撫で下ろす。

「あっぶねぇ……」

滑り落ちそうになっていた一番上のファイルをそっと元に戻した。その拍子に、下に重ねてあった別の薄い冊子がファイルの間をすり抜ける。ちょうど背表紙から床に落ち、見るつもりはなかったのに表紙が開いてしまった。

　中身は写真だ。着物姿の一人の女性が写っている。

「これって、もしかして……」

　奏多は咄嗟に息を呑んだ。――お見合い写真だ。インターネットを通じた紹介が増えた最近では珍しい、綺麗に装丁され箔《はく》押しまで施された立派なものである。

　綺麗な赤い着物に身を包み、にっこりと微笑んで写っているのは、若くてかわいらしい女性だった。まだ二十代前半だろう。そしておそらく、どこか有名企業の社長令嬢。

「何を見ているんだ」

　さっと、手から写真が消えた。

　びくっと振り返ると、いつからそこにいたのか、博臣が立っていた。

「こんなところにしゃがみ込んで、何をしているのかと思えば」

　写真を掲げ、呆れた眼差しで見下ろしてくる。

「あ、悪い」奏多は焦った。「見るつもりはなかったんだ。ファイルが落ちそうになっていたから、重ね直そうとしたら、その、これが落ちてきて……」

　しどろもどろの言い訳を聞きながら、博臣がため息をついた。奏多は素直に謝る。

「ごめん、勝手に見て。悪かったよ」

「いや、別に構わない。俺もこんなところに置いていたのをすっかり忘れていたからな」

　博臣が興味なさそうに写真を机に置く。

「忘れていたって……それ、お見合い写真だろ？」

「ああ」と、博臣が頷く。

少し躊躇って、奏多は訊ねた。

「結婚するのか？」

博臣がちらっとこちらを見た。

「いや、しない。それは強引に渡されただけで、最初から断るつもりだったから」

「で、でもさ、そういう話はいっぱいあるんだろ？」

なぜか思ってもいない言葉が口をついた。

「史香さんも心配してたぞ。お前はお見合いを断ってばかりだって。羨ましい話だよな、よりどりみどり……」

「だったら」

言葉尻を遮るようにして、いきなり博臣に二の腕を掴まれた。ぐっと力任せに引き寄せられて、奏多は思わず息を呑む。

間近に見つめ合い、ドキッと心臓が高鳴った。真剣な眼差しで博臣が言った。

「北森が俺と結婚してくれるか」

「……え？」

一瞬、彼が何を言っているのかわからなかった。理解が追いつくより先に、心臓が聞いたこともないような音を鳴らして俄にざわつき始める。奏多は博臣を凝視した。視線が絡まり、どこか鬼気迫る熱い眼差しにぞくっとする。じりじりと網膜の焦げ付く音が聞こえてきそうだった。視線を逸らしたくても、まるで目と目を見えない紐で固く繋《つな》ぎ留められているみたいで微動だにできない。

二の腕を圧迫する力が増した。皮膚に指が食い込み、反射的にごくりと喉が鳴る。どうにか懸命に声を振り絞る。

「な、何言って……」

ふいに、博臣の顔がゆっくりと迫ってきた。喉が引き攣り、びくっと全身が硬直する。

「ちょ、ちょっと待っ――」

その時、ムームーとスマホのバイブ音が鳴り響いた。

ハッと我に返り、二人揃ってそちらに顔を向ける。音は奏多の鞄から聞こえてくる。

「――あ、俺の」

咄嗟に目前に迫っていた博臣の顎をぐいっと押し返し、逃げるようにソファセットに飛びついた。鞄をさぐって、急いでスマホを操作する。指に汗を掻いているのか、なかなか上手く画面が滑らない。振り返らなくてもわかるほどの熱視線を背中に感じて焦る。

しかし、表示された文面を見た瞬間、一気に全身の熱が冷めた。

「…………」

「どうした?」

顎をさすりながら博臣が訊いてくる。

「いや」奏多はかぶりを振った。「何でもない」

「誰からだ？」

「ただのスパムメールだよ」

「この前もそんなことを言っていたな」

「最近、多いんだ。この手のメール」

ため息をつき、奏多はスマホを尻ポケットに差し込んで荷物を持った。

「それじゃ、そろそろ帰るわ」

「もう帰るのか。だったら、暗いから送っていく」

「ここに来る時からすでに暗かったよ。どうせ電車だし。お前はまだ仕事が残ってるんだろ？　早く済ませて家に帰ってちゃんと寝ろよ。じゃあな、また明日」

「待ってくれ、北森」

ドアレバーに手を掛けた時だった。さっと頭上に影が差したかと思うと、ドンと背後から顔の横に腕が伸びてくる。ぎょっとした。

恐る恐る振り返ると、いつの間にか距離を詰めていた博臣が真後ろに立っていた。ドアに手を突き、覆い被さるようにして奏多をじっと見つめてくる。こんなふうに立たれると十センチ以上の身長差を身を持って思い知る。あまりの近さに全身が緊張し、声が情けなく上擦ってしまった。

「な、ななな何っ⁉」

視界の端を、腕まくりした手が過ぎったのはその時だった。すっと持ち上がり、奏多に触れようと近付いてくる。反射的にびくっと硬直した。

「動くな。じっとしてろ」

ひっ――奏多はわけもわからず、咄嗟にぎゅっと目を瞑《つむ》った。視界が真っ暗になった途端、なぜか脳裏に十年前の記憶が蘇る。塩素の混じった水の匂いまでがまざまざと蘇ってくるようだった。あの時と同じだ。まさか、また――。

チョンと前髪を軽く引っ張られる感覚があった。

「取れたぞ。さっきからずっと糸くずがついていて、気になってたんだ」

博臣の声に、奏多はパチッと目を開けた。

「……い、糸くず？」

「床なんかに這いつくばってこそこそしているからだ。掃除はしているはずなんだがな」

そう言って、彼がぴろんと指でつまんでいたのは黄色の糸くずだった。

「――！」

自分の勘違いに気づいた瞬間、カアッと顔が火を噴いたみたいに熱くなった。逞しい妄想力を働かせて、迂闊《うかつ》にも取り乱してしまった自分が途轍《とてつ》もなく恥ずかしい。

「ど、どうも。これは捨てとくから。じゃあな、また明日」

奏多は慌てて博臣の手から糸くずを奪い取ると、逃げるようにして部屋を出た。

しかし、なぜか博臣まで出てきて、「俺もそこまで行く」とついてくる。赤らめた顔を見られたくないのに、結局、エレベーターホールまで見送られてしまった。

「……それじゃあな」

「あ、北森」

エレベーターに乗り込む寸前、引き止められた。奏多はパネルを押しながらチラッと振り返る。

「今度は何だよ。まだ髪に何かついてるのか」

「いや、そうじゃなくて」

博臣が小さく笑って言った。

「サンドイッチ、すごく美味かった。ありがとうな」

「……おう。じゃ、じゃあな。仕事、頑張れよ」

「ああ、ありがとう。北森も気をつけて帰れよ。おやすみ、また明日な」

エレベーターの扉が閉まる。徐々に細く狭まってゆく隙間の向こうで、博臣は最後まで微笑んでいた。

ようやく動き出したエレベーターの中で、奏多は思いっきり息を吸い込んだ。

そうして、肺が空っぽになるまで吐き出す。何だか胸が苦しくて、一瞬、呼吸の仕方がわからなくなる。心臓が変に昂《たか》ぶりはじめていた。

気を張っていた体から一気に力が抜けて、奏多は壁にもたれかかる。——疲れた。

「……あいつ、本当にわけわかんねえ」

火照った顔に手団扇で風を送りつつ、ポケットに突っ込んだスマホを取り出した。

新着メールはない。少しホッとして、画面を操作し、表れた文面に眉をひそめた。

《さわやかな水色がよく似合いますね。わたしもさっそく着替えてみました。おそろいです。ステキな夢がみれそう……。》

奏多はため息をついた。

先ほど受信した送信者不明のメールだ。この手の文面が、二週間ほど前から突然送られてくるようになった。最初はただのスパムメールだと思っていた。特に過激でも脅迫めいた文面でもなく、あまり意味のないようなよくわからない内容だったからだ。もしかしたら誰かと間違えて送っているのではないか。そんなふうに思わせるような類のものもあった。そうしてうっかり親切に返信でもすれば、おかしなサイトに誘導されるに違いない。困るほど頻繁に送られてくるわけでもなかったので、気にせず放っておいたのだ。

しかし、今日のこの文面は、明らかにおかしい。

どことなくメルヘンな文体は少々古臭くも感じる。女性のような、女性を装った男性のような。年齢も性別も掴めず、だが相手は奏多が着用しているシャツの色を知っている。

ということは、送信者は実際にどこかから奏多を見て情報を得ているということだ。

ゾッとする。

今回のように、個人を特定するような内容が送られてきたのは初めてだった。自分の端末を他人に貸した覚えはなく、おかしなアプリがインストールされている形跡もない。

「どこのストーカーだよ。面倒くさいな」

思わず舌打ちをした。今のところ日常生活に害はないが、誰なのかわからない人間の目にこっそり張り付かれているのは気味が悪い。早く犯人を特定しないと厄介だ。

「あーあ、わけわかんないヤツにばっかり好かれるなあ……」

ひとりごちながら、なぜか唐突に博臣の声が蘇った。

――北森が俺と結婚してくれるか。

「いやいやいや、ないないない。言葉通りに取るのは、いくらなんでも自惚れすぎだろ。まだあいつが俺のことを……とか、ないないない」

せっかく冷めた熱がまたカアッとぶりかえしてきて、奏多は力いっぱい頭を振る。

くらくらと酸欠になりかけたところで、エレベーターが静かに到着した。

●7●

ピンポーンと、アパートの古いチャイムが鳴り響いた。

ちょうど風呂から上がったところだった奏多《かなた》は、突然の来訪者にビクッとした。

咄嗟に時計を確認する。夜の九時半を回っていた。素早くスマホを手に取り、不審メールが届いていないことを確認してひとまずホッとする。

首に巻いていたタオルを置いて、玄関へ急ぐ。なるべく音を立てないよう、息を潜めてドアスコープを覗いた。

「……何だよ」

一気に脱力する。奏多はチェーンを外してドアを開けた。

「こんばんは」

立っていたのは、博臣《ひろおみ》だった。仕事帰りだろう、今朝マンションを送り出した時と同じスーツ姿だ。先週から仕事が忙しいようで、毎日帰りが遅い。奏多は彼の帰宅を待たずにマンションを後にするため、夜に顔を合わせるのは久しぶりだった。

「どうしたんだよ、こんな時間に。仕事は？　まさか、さぼりじゃないだろうな」

疑って訊ねると、博臣が不本意だとばかりにかぶりを振った。

「違う。きちんと仕事を終わらせてからここにきたんだ」

「本当かよ？　昼間も黒須《くろす》さんから電話があったんだぞ。ちょっと目を離した隙にお前が脱走したって、大騒ぎだったんだ。まあ、すぐに見つかったって連絡があったんだけど」

専務第一秘書の黒須から電話がかかってきたのは、ちょうど買い物を終えてマンションに戻ってきた時だった。ベビーシッターに出かける準備をしていると、焦り声の黒須にそっちに博臣が行っていないかと訊かれたのである。部屋に姿はなかったが、念のため、奏多もマンションの屋上から周辺の往来まで捜したのだ。

「ちょっと気分転換に出かけただけだ。仕事を放り出して逃げるわけないだろ、大袈裟なヤツだな。それより、何でうちの秘書が北森の連絡先を知っているんだ？」

「この前、ランチを届けに会社まで行っただろ？　その時に、ロビーをうろうろしてたら黒須さんが応対してくれたんだよ」

博臣から死にそうな声で「腹が減った」と電話が掛かってきたのは、三日ほど前のことだった。仕事が忙しくて食事をとる暇もない。そんなふうに言い残していきなり通話を切るので、奏多は慌てておにぎりを作って届けたのである。

「むこうは最初から俺のことを知ってる様子だったし、少し話をしたんだ。どうせ、お前が喋ったんだろ。エプロンの柄まで知ってたぞ？　秘書さん相手に何を話してるんだよ」

黒須は奏多たちよりも二つ年上の几帳面《きちょうめん》そうな人物だった。父親が社長秘書を務めていたため、博臣のことは高校生の頃から知っていたという。真面目で苦労性な性格が滲《にじ》み出ている彼とは何だか妙に馬が合って、奏多もついつい話し込んでしまった。

黒須の話によれば、博臣は今相当忙しいらしい。昼も夜も会食の予定が入っており、愛想笑いに疲れて口内炎ができたという情報も、彼から得たものだった。

普段の博臣は、奏多相手に仕事の話はほとんどしない。疲れていてもそれとわかる素振りを一切みせないのだ。そういう性格なのだろう。

だからせめて、奏多は奏多にできる方法で影からサポートするしかない。会食続きなら当然栄養バランスが偏るだろうから、朝食で不足しがちな栄養素を補えるよう工夫しているつもりだ。

晃太《こうた》と一緒にいると必然的に読書の時間が増える。晃太が本に集中している隣で、奏多も書店で見つけた料理や栄養学の本をひたすら捲っている。時折、便利屋の仕事とは何ぞやと、ふと疑問に思うことがある。しかし、毎朝疲労の濃く残る彼の顔を目にすると放ってはおけなかった。余計なことはセクハラまがいにベラベラと喋るくせに、肝心なこととなると意地でも黙っている厄介なタイプ。弱音は絶対に吐かない男。――それが博臣だ。

周囲に気を遣ってばかりで、自分のことは後回し。おそらく彼をとりまく環境がそうさせたのだろうけれど、博臣を見ているとつくづく不器用な男だなと思ってしまう。甘え下手なのだ。

「小腹がすいたから夜食を買ってきた。上がってもいいか」

「夜食？　え、ちょ、ちょっと待て。最近、まともに掃除してないから汚いんだよ」

奏多は慌てて博臣にストップをかける。急いで六畳間に戻り、散らかっていた座卓の上を整理した。見られては困る郵便物をまとめて雑誌の間に押し込み、部屋の隅に重ねる。ざっと片付けて、座布団代わりのクッションを置いた。

「どうぞ」

部屋に上がった博臣が上着を脱ぎ、静かに腰を下ろした。所作の一つ一つが洗練されていて、目立ったことをしなくてもそれだけで雰囲気がある。昔からこうではなかったはずなので、桐丘《きりおか》の名に恥じないよう礼儀作法を必死に身につけたのだろう。今の彼はいっそ滑稽なほどこの貧相な部屋に馴染んでいなかった。

「風呂上がりか？」

「うん。少し前に戻ったんだよ。俺もこれからラーメンでも食べようかと思ってたところだったし」

「ラーメン？　人には栄養がどうのこうのと言うくせに、自分には随分と甘いな」

「仕方ないだろ。あんまり家にいないから、買い物も適当になるんだよ。うちの冷蔵庫は空っぽ。そっちの冷蔵庫は、お前が帰ってこないから中身が余って仕方ない」

「だったらうちで食べればいいだろ。ある物は好きに使って構わない」

「自分のためにわざわざ作るのは面倒なんだって。後片付けも増えるし」

「……そうか。これからはなるべく仕事を早めに切り上げて帰るようにする」

博臣が神妙な顔をしてそんなことを言うので、奏多は半ば呆れた。

「いや、そういう意味で言ったんじゃないから。仕事は真面目にしろよ。黒須さんからまた泣きそうな声で電話が掛かってきたらどうするんだよ。ほら、食べようぜ。腹減った」

博臣が差し入れてくれたのは、ベトナム料理のテイクアウトだった。

「あれ？　この店って、今朝の情報番組で取り上げられてたよな」

「お前が涎《よだれ》を垂らして見ていたからな。たまたま会社から近かったんだ」

「涎なんか垂らしてない。お前こそ、実は食いたかったんじゃねえの？」

軽口を言い返しつつも、自分が浮かれているのがわかる。チョコレートといい、こういう単純なサプライズは嫌いじゃない。忙しい朝のほんのちょっとしたやりとりを覚えていて、それを実際に叶《かな》えてくれるところは、案外マメだなと思った。

「取り皿を持ってくる。お茶でいいか？　それともビール？」

「いや、車だからお茶をもらえるか？」

「了解」

台所から食器とお茶のペットボトルを運ぶ。「手伝うよ」と、博臣が立ち上がった。踏み出した拍子に足元でパキッと乾いた音が鳴った。

「あっ」と、博臣がしまったという顔をして右足を持ち上げる。畳の上でボールペンが潰れていた。

「……悪い。見えていなかった」

「いや、いいよ。たぶん、俺がさっき落としたんだ。ごめんな、足は大丈夫か？」

「ああ、俺は平気だが、こっちはもうダメだな」

「安物だし、そんな気にしなくてもいいって」

踏み潰したボールペンを拾い上げた博臣が、ふいに「昔とは逆だな」と言った。

「昔？」

「高校一年の頃、俺が落としたボールペンを北森《きたもり》が踏んで壊したことがあっただろ？　覚えてないか」

問われて、奏多は戸惑った。そんなことがあっただろうか。懸命に記憶を手繰り寄せるも、残念ながら引っかかるものが何もない。申し訳ないが、正直に首を横に振った。

博臣は気を悪くしたふうでもなく、小さく笑った。

「まあ、クラスも違ったし。俺もその時まで北森のことを知らなかったからな」

どうやら、博臣が階段の踊り場で落としたボールペンを、擦れ違った奏多がたまたま踏ん付けてしまったらしい。ボールペンは割れて、使い物にならなくなったという。

「あの時、北森に何度も謝られたんだ。安物だからいいって言ったのに、お前はペンケースから自分のボールペンを取り出して『これを使ってくれ』と、俺にくれたんだよ」

話を聞いているうちに、徐々に朧《おぼろ》な記憶が蘇ってくる。

「そういえば、そんなことがあったかも。あれって、お前だったのか」

ということは、二年で同じクラスになる前からすでに接触していたということだ。

「うわ、全然気づかなかった。何だよ、それならそうと言ってくれたらよかったのに」

「いや」と、博臣が困ったような顔をしてみせる。「本当は当時も、改めて礼を言おうと思ってたんだが、タイミングを逃してしまって、なかなか言い出す機会がなかったんだ。それに、北森は俺のことをまったく覚えてないみたいだったから」

そう言われてしまうと、返す言葉もない。奏多は情けない思いで頭を掻く。

「でも、これでお互い様だよな。俺はお前からボールペンを先払いでもらったし。ほら、白うさぎのイラストがついたヤツ。何て名前だっけ、えっと……そうだ、ピット！」

博臣が意外そうに目を丸くした。

「知ってるのか？」

「晃太くんに教えてもらったんだよ」

奏多は少し得意げに胸を張る。

「子どもに人気の絵本なんだろ？　もう一人いたよな。黒うさぎの……何だったっけ」

「ラック」

「そうそうラック。『ふたりはとってもなかよし』って話な。お前も何気に詳しいよな。冷蔵庫のマグネットもそうだろ？　あんなかわいい物を誰かから貰ったの？」

訊ねると、なぜか博臣は急に黙り込んでしまった。バツの悪そうに目線を逸らす。

「貰ったわけじゃない」

「え？　――てことは、もしかして、あれ全部自分で買ったのかよ」

「……さあ、食べよう。冷めるぞ」

博臣が何事もなかったかのように割り箸を割った。奏多は急いで部屋の隅に放ってあったトートバッグをあさり、ボールペンを掴んで戻る。

「なあこれ、どうやって手に入れたんだ？」

「……早く食え」

「何だよ。いいじゃん、教えろよ。子どもに交じって並んだのか？　チョコも店で並んだって言ってたもんな。お前もかわいい雑貨屋さんとか行くの？　そっかそっか、別に笑わないって。というか、バレバレだからな。耳が真っ赤だぞ」

「……うるさい。気のせいだ」

厚みのある耳朶《みみたぶ》をボールペンの尻でつつくと、博臣が弱ったように腕で払う仕草をしてみせる。喉仏をしきりに触っていたかと思うと、仕舞いにはくるりと広い背中を向けて、黙々と生春巻きにかぶりつき始めた。奏多はにやにやと頬を弛ませる。外見とは裏腹に、意外とかわいいところがある。

「何だよ、そっち向いて一人で食べるなよ」

「北森がおかしなことを言い出すからだ」

「照れちゃって」

「照れてない」

ぶすっとむくれたように言葉が返ってきて、奏多は不覚にも嬉しくなる。——ああ、そうだ。この感じ。高校生だったあの頃、博臣とこんなふうに他愛もないやりとりをして笑い合った時間が確かにあったのだ。時間が巻き戻ったような、懐かしい気分を味わう。

楽しいと思ってしまった。この先もこういう関係性で付き合っていけるのなら、それも悪くないのではないか——そう、ふと考えた矢先、先日の博臣の言葉が脳裏に蘇る。

——だったら、北森が俺と結婚してくれるか。

ぶわっと急激に体温が上がって、奏多は焦った。ちらっと博臣の横顔を盗み見る。

彼はその後も何事もなかったかのように過ごしているが、結局のところ、あれはどういう意味だったのだろう。うやむやになってしまい、真相は闇の中だ。また揶揄われたのかもしれない。だが、そうではないような気もする。胸がもやもやする。

ベトナム料理を堪能しつつ、あれこれ喋りながら食事を終えた頃には、もう十一時を回っていた。

「遅くなっちゃったな。せっかく早く帰れたのに、本当は家でゆっくりしたかっただろ」

「一人で家に帰るくらいなら会社に残って仕事をする。ああ、そうだ。これをお前に」

さみしんぼ発言をしながら差し出されたのは、小さな紙袋だった。例のショコラ店ものだ。博臣が「土産だ」と渡してくる。

「お前、俺にはこれさえ与えておけばいいと思ってるだろ」

「好きじゃないのか？」

「いや、好きだけど」

「新発売のフレーバーが美味いらしい」

「そうなの？　へえ、楽しみ。それじゃ遠慮なく」

ウキウキと受け取り、帰る博臣を上機嫌で見送る。

スマホがムームーと鳴ったのは、ボンボンショコラを口に放り込んだ時だった。

博臣だろうか。何か忘れ物でもしたか——奏多は指先を舐めて、テーブルの上のスマホを手に取る。

しかし、画面に現れた文面を見て、思わずきつく眉間を寄せた。

《随分とおしゃべりが弾んで楽しそうでしたね。ところでどういうオトモダチですか？》

咄嗟に部屋の隅に積み重ねた雑誌の山に目が向いた。博臣に見つからないよう隠した郵便物。その存在を思い出して、苦いため息をついた。


翌日の土曜日、奏多はいつも通り博臣のマンションを訪れていた。

平日と比べて、朝はいくらかゆっくりとしていたものの、これから書斎に籠もるそうだ。会社は休みだが、のんびり休暇が取れるというわけではないらしい。

昨夜、ひょっこりと奏多の自宅にやってきたのは、仕事の合間の骨休めだったのかもしれない。働きすぎではないかと、少々心配になる。

今日は午前から急遽《きゅうきょ》ベビーシッターの仕事が入っていた。

本当なら晃太パパが在宅のはずだったが、突然休日出勤になったのだという。今朝になって、史香《ふみか》から電話があったのだ。

——悪い。今日中にやらないといけない仕事があるんだ。俺のことはいいから、晃太を頼めるか？

博臣が仕事で忙しいのなら奏多は暇だし、二つ返事で了承した。毎日会っているので、すっかり懐いてくれている晃太は奏多にとってもかわいい甥っ子同然だ。

お邪魔すると、晃太がふくふくとした丸い頬を弾ませタタッと走って出迎えてくれた。

「奏多さん！　きょうもよろしくおねがいします」

「こちらこそお願いします。今日は何の本を読むの？」

「ファーブル昆虫記です。奏多さんは虫は好きですか？」

「うん、好きだよ。去年なんかね、カブトムシを獲ってくれって頼まれて、森の中でいろんな仕掛けを作って捕まえたんだから。泊まり込みで大変だったんだよ」

「カブトムシを捕まえたんですか！　すごいです！」

相変わらず六歳児とは思えない礼儀正しさだが、初日と比べたら親密度はぐっと上がっている。

昼食やおやつを一緒に食べて、保育園や虫や白黒うさぎの話をしながら、晃太と二人きりで夕方まで過ごした。

もしかしたら遅くなるかもしれない。そう申し訳なさそうに言っていた晃太パパの帰宅が思ったよりも早く、奏多は挨拶をしてまだ明るいうちに四宮家を出た。

博臣は今も仕事中だろうか。

マンションに戻る途中、ふと目についた書店に立ち寄る。いつもなら素通りする絵本のコーナーに向かった。

目当ての本はすぐに見つかった。本当に人気シリーズのようで、目立つ場所に『ピットとラックシリーズ』とカラフルなポップが掲げてある。今も晃太よりも小さい男の子が母親と一緒に、うさぎのイラストを指差しながらどれを買おうか選んでいた。

母子の邪魔にならないよう脇から手を伸ばして無作為に一冊取る。

たまたまシリーズ一作目を引き当てた。『ピットとラック　はじめてのおともだち』。

絵を描くことが大好きな黒うさぎのラックは、ひとりでお絵描きをしている。だがお片付けが苦手なので、クレヨンがいつも箱から飛び出してバラバラだ。チューリップの花を描こうとしても、赤いクレヨンが見つからない。結局白いチューリップになってしまう。ラックのスケッチブックは全部黒い線だけで描かれている。

するとある日、スケッチブックを開くと、白いチューリップが赤いチューリップに変化していた。そして、黒のクレヨンしかなかった箱に赤いクレヨンが入っていたのだ。

それからもスケッチブックはどんどん色が塗られて、クレヨンの色も増えていく。一体誰の仕業だろう。ラックがそっと木の陰に隠れて見張っていると、やってきたのは白うさぎのピットだった。白いページをピットがクレヨンで塗りたくっている。塗り終わると、自分のクレヨンをラックのクレヨンの箱に入れていたのである。その後、ラックとピットは意気投合して友達になるのだ。

最後まで読んで、奏多はふと昨日の博臣の話を思い出していた。

奏多が博臣のボールペンを壊してしまった替わりに、自分のそれを渡したという高校時代の思い出話。うさぎたちの話とはまったく関係ないのに、どういうわけか彼らに妙な親近感を覚えてしまう。クレヨンとボールペンというアイテムが、同じ筆記具として重なるからだろうか。黒うさぎの片付け下手の性格はどことなく博臣を連想させる。

少し迷ったが手離せず、そのままレジに持っていった。

自分の金で絵本を購入したのは人生で初めてだ。薄い本を鞄にしまい、マンションに向かう。鞄の中でスマホが震動した。一瞬、ビクッと警戒したが、便利屋の同僚からだった。ホッとしつつ、メッセージを確認する。

エントランスでいつものようにコンシェルジュと挨拶を交わし、エレベーターに乗り込む。最上階に到着すると、部屋の鍵を開けた。

家の中はシンと静まり返っていた。

博臣はまだ書斎に籠もっているらしい。

物音を立てないように気をつけて、リビングに入る。ダイニングテーブルに準備しておいた昼食がなくなっている。食事はきちんととったようだ。洗い物はシンクに運ぶだけでいいとメモに残しておいたのだが、綺麗に洗ってあった。

振り返ると、書斎のドアが僅かに開いているのが目に入った。

忍び足で近付き、そっと隙間から中を覗き込む。大事な書類もあるので、いつもこの部屋だけは掃除をしなくてもいいと言われていた。だから、まともに見たことがない。

少しドキドキしながら中を窺うと、黒い書斎机と椅子が見えた。周辺は紙類で溢れ返っている。お世辞にも片付いているとは言えなかった。

肝心の博臣の姿が見えず、もう少しだけドアを押し開ける。

すると、反対の壁際に据えてある黒いソファの上に長身が横たわっているのが見えた。

ビクッと驚き、慌てて一旦顔を引っ込める。しかし物音が聞こえないことに気づくと、奏多は再度部屋の中を覗き込んだ。今度はかなり大胆に首を伸ばしてみたが、こちらを向いている博臣の顔は目を瞑っていて動かない。

どうやら寝ているようだった。

「……仕事が終わったのかな？」

奏多は静かに部屋に入る。八畳ほどの広さの書斎は、机とソファの他は本棚で埋まっていた。床には本や紙がたくさん散らばっている。

ソファで眠っている博臣に、寝室から運んできたタオルケットをそっとかけてやった。

よほど疲れているのか、すうすうと気持ちよさそうに眠っている。スーツを着込んでいない博臣は、ラフな恰好で頭髪も整えていない。いつも後ろに流している前髪を今日は無造作に下ろしていて、少し幼く見える。寝顔なので余計だ。

そういえば昔、プールから帰る電車の中で、奏多はよくうとうとと居眠りをしていた。駅に着く前に博臣が起こしてくれて、目を開けると決まって隣に座る彼の肩に図々しくよ

りかかっていたのだった。

――んー、眠い……。

――大丈夫か？　目が開いてないぞ。ほら、俺の腕に掴まってもいいからちゃんと歩けよ。そこ、段差になってるから気をつけて。

思えば、いつも無防備にくうくう眠るのは奏多で、博臣が居眠りをしている姿を見たことがない。おかげで寝過ごすこともなく、助けられてばかりいた。今は奏多があれこれと博臣の身の回りの世話をしているが、以前は逆だったのだ。

「……ぷっ、何のクッションかと思えば、またうさぎかよ」

博臣が横顔を埋めている白いクッションには、ガラでもないかわいらしいイラストがプリントされていた。白うさぎのピットだ。こんなグッズまで販売されているらしい。

「見た目によらず、本当に好きだな。グッズまで集めるなんて隠れマニアかよ」

奏多は端整な寝顔を眺めながら少々呆れる。

白があるのなら黒もありそうだ。キョロキョロと室内を見回すと、思った通り黒うさぎのクッションも見つかった。だが、こちらは扱いが雑だ。床にころんと転がっている。

人の趣味にケチをつけるわけではないが、二十八の男がこんなかわいらしいクッションを抱きしめて寝ているのはいかがなものだろう。会社の部下が知ったらびっくりするだろうなと、奏多はこっそり笑った。

「……まあでも、個人的には面白いけどな」

澄ました博臣よりは余程好感がもてる。他にも面白いものが何かないかと視線をめぐらせると、机の前にコルクボードが置いてあった。

そこにまで白と黒のうさぎのイラストが貼ってある。しかも、なぜか花嫁と花婿姿。どうやらピットが女の子でラックが男の子らしい。何となく、この子たちには性別がないような気でいたから、ウェディングドレスとタキシード姿のふたりには若干の違和感を覚えた。ふたりを取り囲むようにして、何やらメモがたくさん貼り付けてある。

最初は仕事のメモかと思った。だが、少し近付いて見ると覚えのある筆跡が目に飛び込んでくる。

「あれ？　これ、俺が書いたヤツじゃないか……？」

奏多は思わずコルクボードを覗き込んだ。

『遅くまでお疲れ様。胃にやさしいスープを作ったので、腹が減っていたらどうぞ』

『ビタミン不足に注意。冷蔵庫にフルーツあります』

『酒を飲んだ後は、果糖をとるとアルコールを分解してくれるらしい』

『冷蔵庫にグレープフルーツジュース入ってます。明日の朝はしじみ汁』

この一週間、帰宅の遅い博臣に、奏多が残しておいたメモだった。

すでにゴミになっているはずのこれらが、なぜこんなところに貼ってあるのだろう。

首を捻っていると、別の重大な事実に気が付いてしまった。中心を飾るうさぎのイラスト。――これは、どう見ても手描きだ。

コピーや切抜きではない。まさか見るだけでは飽き足らず、とうとう自分で描くほどまでのめり込んでしまっているのだろうか。

思わず博臣を振り返りかけたその時、机の上に重ねてあった紙の束が目に入った。

薄いシャーペンの線で殴り書きされたそれを、まじまじと見つめる。うさぎのイラストと、横に添えてある文字は絵本でよく見かける独特の文体だ。擬人化したふたりのうさぎは、色を塗る代わりに、『白』、『黒』と文字で区別してある。模写ではない。描き慣れた線と作り上げられた世界観は明らかにプロの仕事だった。

まさかな——奏多はごくりと喉を鳴らした。

見てはいけないものが今、目の前にあるのではないか。

咄嗟に振り返り、博臣が眠っていることを確認すると、再び紙面に目を戻した。ドキドキしながら絵本の下書きらしき物を手に取る。

ピットとラックシリーズの新作は、空を旅するお星様の子どもが家族とはぐれて森に落ちてきたという話だった。ふたりはお星様の子どもと一緒に家族を探すのだ。

最後は無事に家族と出会えたお星様を見送り、ピットとラックが仲良く夜空を見上げているイラストで終わっていた。

強烈な既視感に教われて、奏多はわけもわからず一人で狼狽した。

星空なら一週間ほど前に、奏多も博臣に連れられて山の展望台から眺めたばかりだ。

「……いや、偶然だろ」

だが、そう思い込もうとすればするほど、この絵本に出てくるふたりが益々自分たちに重なって戸惑う。

泳ぎが苦手なのは白うさぎのピットだった。教えてくれたのは黒うさぎのラック。自分のクレヨンをラックにあげたのがピット。新作ではふたりが森にピクニックにいくところから始まっている。そこで一緒に食べていたのは、ピットが作ったサンドイッチ――。コロンと、机から何かが落ちて床に転がった。小さな音にびくっと怯《おび》える。ボールペンだ。博臣が寝ているのを確認して、慌てて拾い上げた。そうして、あれと首を傾げる。このどこにでも売ってそうなインク切れのボールペンは、初日に奏多がリビングを掃除して発見したそれに違いない。博臣の宝物。

「――あ」

唐突に思い当たった。もしかしてこれこそが、高校時代に奏多が博臣に渡した物なのではないか。

きっとそうだ。確信する。間違いない、これがあの時のボールペンなのだ。

「…………」

奏多はボールペンを元の場所に戻すと、音を立てないよう急いで書斎を出た。ドアを閉め、リビングのソファにある自分の荷物をさぐる。書店のビニール袋を破り、買ったばかりの絵本をテーブルに置いた。

ドキドキしながら表紙を捲る。これを博臣が描いたのかと思うと、驚きすぎて心臓が引っくり返りそうだ。しかし、そうとわかれば、この洗練された内装の部屋に不自然なほどかわいらしいキャラクターグッズが揃っているのにも合点がいく。そういえば、桐丘《きりおか》グループは出版ビジネスも手がけているはずだ。

奥付を確認すると、版元はやはりグループ子会社のようだ。徐々につながってゆく。博臣はただのファンではなかったのだ。彼のもう一つの顔、それはこのうさぎたちを生み出した人物——大人気絵本、ピットとラックシリーズ原作者の『たなかみお』。

「……そうか、これってペンネーム。女性作家かと思ってた」

そこでふと考える。

「ちょっと待てよ。たなかみお……おみ、かなた……？」

思わず背後を振り返った。閉まった書斎のドアを凝視する。

点と点がつながって、線になっていくのがはっきりと頭の中でイメージできた。ピットは奏多だ。ラックが博臣。ペンネームにまで二人の名前が隠されている。

黒うさぎのクッションは床に転がっていた。一方、白うさぎのクッションを大事に抱きしめて眠っていた博臣を思い出し、カアッと顔が熱くなるのが自分でもわかった。

コルクボードのピットが着ていたウェディングドレス——あれは、先日のPV撮影の時に実際に奏多が着た衣装ではないか？　タキシードも博臣が着ていたそれがモデルになっているのは間違いない。

次々と頭の中に答えが浮かび上がってくる。自惚れなんかじゃない。物的証拠だけでもこれだけ揃っているのだ。結婚式場での再会は偶然だった。だが、二度目は違う。博臣からわざわざ奏多に会いに来たのだ。

絵本の最後に登場する決まり文句を目にして、いたたまれなくなるほど頬が火照る。

——ふたりは　とっても　なかよし。

「ロマンチストにもほどがあるだろ……」

奏多は開いたページに顔を埋めてジタバタと身悶《みもだ》えた。

博臣は、どんな顔をしてこの絵本を描いたのだろう。今日一日、何を思いながら創作に耽《ふけ》っていたのだろうか。インクの切れたボールペンや、読み終えたメモのすべてを大事に保管しているその執着ぶりに、全身にぞくっと甘ったるい震えが走った。

あれから十年以上経った今でも、博臣はまだ奏多のことが好きなのだ。

一心不乱にタマネギをみじん切りにしていると、背後から声がかかった。

「北森？　戻ってたのか」

奏多はびくっと背筋を伸ばした。手を止めて振り返ると、目が覚めた博臣が書斎から出てくるところだった。

「お、おう。晃太パパが思ったより早く帰ってきたから、交代して戻ってきた」

「気づかなかった。声をかけてくれればよかったのに」

「いや、気持ちよさそうに眠ってたから。起こしちゃ悪いと思って」

普通の会話なのに、なぜか異様に緊張する。

「タオルケットを掛けてくれただろ。ありがとう」

「あ、いや……う、うん。夏風邪とかひいたら困るし」

もごもごと言いながら、包丁を握り直す。まともに顔が見られない。博臣の気持ちを考えると、余計に意識してしまう。いつも通り、いつも通りと心の中で念仏のように唱えながら、懸命に気持ちを落ち着かせる。その時、ダイニングテーブルでスマホが震動した。ハッと我に返り、奏多は包丁を置いた。急いで画面を確認する。

「………」

「誰からだ？」

博臣に問われて、奏多は顔を上げた。平静を装い何でもないとかぶりを振る。

「会社から。業務連絡だよ」

「……業務連絡、ね。それはこれとも関係あるか？」

おもむろに博臣がシャツの胸ポケットから写真を一枚取り出した。そこに何が写っているのか認めた途端、奏多は思わず言葉を失う。

「──なっ、何でそれを、お前が持ってるんだよ」

そこには奏多が写っていた。そしてもう一人、一緒に写っているのは先日恋人役の依頼を受けた植村《うえむら》だ。

昨日、アパートに帰宅して集合ポストを開けると、これが入っていたのだ。宛名も何も書いていない封筒に入っていたのは写真のみ。植村とのツーショットと奏多一人が写ったものがそれぞれ数枚ずつ。どれも目線は明後日の方向を向いている。つまり、盗撮だ。

「昨日、お前の部屋で拾ったんだ」

博臣が言った。奏多は内心でため息をつく。全部隠したつもりだったが、急いで片付けた際に取りこぼしてしまったのだろう。

「植村結奈《ゆな》――植村物産社長の愛娘だな。便利屋に恋人代行を依頼して、お前が担当した相手だ」

「……彼女のことまで調べたのかよ」

「お前がウソなんかつくからだ」

「ウソ？」

「ここ最近のお前は明らかにおかしかった。スマホの画面を覗き込んでは険しい顔をするくせに、俺が訊ねても迷惑メールだと言って本当のことを話さなかっただろう？　この写真を見つけて、嫌な予感がしたんだ。お前がベビーシッターに出かけている間に、【プーリッツ】に行って熊谷《くまがい》社長と話をしてきた」

奏多は思わず押し黙ってしまった。博臣はわざわざ事務所に足を運んで、熊谷に事情を問い詰めたという。

「そうしたら昨日、お前から連絡があったと聞いた。俺がアパートを出た後だ。送信者不明のメールが送られてくる。どうも部屋の中の会話が盗聴されているようだ。盗聴器が仕掛けられているかもしれないから、留守中に探して欲しいと、頼んだんだろ？」

言いながら博臣が一気に距離を詰めてきたかと思うと、奏多の手からスマホを取り上げた。素早く画面を確認した博臣が、苦虫を噛み潰したような顔をする。

「——やっぱり見つかったのか」

奏多はバツの悪い思いで唇を噛み締めた。先輩の牧瀬《まきせ》から送られてきたメッセージには、短く『盗聴器発見！』とあった。

「心当たりはあるのか？」

「全然」奏多は観念して首を横に振った。「彼女とのツーショットも何枚か入ってたから、彼女に好意をもっている相手から嫉妬を買ったのかもしれないし」

しかし、その可能性は低いだろうなと考える。彼女に執着しているのなら、どうやって侵入したかは知らないが、わざわざ奏多の部屋に盗聴器を仕掛けることはしないだろう。嫉んでいるなら、もっと直截《ちょくさい》的な被害があってもおかしくない。標的が植村だとしたら、彼女にも何らかの影響はあるはずだから、きっと奏多に連絡がくる。ここ最近、彼女からの連絡は食事の誘いぐらいなので、おそらくこの線は違う。

犯人の目的はやはり奏多に間違いないだろう。だが、疑問に思う点があった。植村結奈とのツーショット写真は、彼女の友人宅で開かれたホームパーティーの様子を写した物だ。あの場で顔を合わせた相手は皆初対面だった。男性は年齢も肩書きもまちまちだったが、女性は皆同じ大学の友人同士。人数もそれほど多くはなかった。不審者がまぎれこんでいれば誰かが気づいたはずだ。

考え込んでいると、電話がかかってきた。牧瀬からだ。

「もしもし？」

『おう、北森？　盗聴器は無事に取り外したよ。部屋中探してみたけど、見つかったのは一個。コンセント型の物だった。とりあえず会社に持って帰るわ』

「ありがとうございました。俺も今から会社に行きます」

『いや、この後まだ仕事が一件入ってるんだよ。社長もバタバタしてるし。警察への被害届けの件も含めて、明日改めて話そうって社長も言ってる。とりあえず、アパートには戻るなよ。もうすぐ更新だって言ってただろ。この際、引っ越したらどうだ？　まあ、今日からしばらくは桐丘《きりおか》さんのところで世話になることだし、ゆっくり考えろよ』

「は？」

奏多は思わず声を荒らげた。

「ちょ、ちょっと待って。俺、聞いてないですよ。何で突然そんな話に？」

『大丈夫、もう話はついてるから。桐丘さんもお前のことをすげえ心配してくれてたんだぞ。協力できることがあれば何でもするって言ってくれてさあ。お前、ホントいい友達を持ったよ』

「いやだから、俺はそんな話知らないし。できれば会社に泊まらせてもらいたい……」

『実は、うちの盗聴発見器が故障しててさ。桐丘さんがすぐに新しいのを手配してくれたんだよ。しかもすげえ高性能なヤツ。もう社長が興奮しちゃってさ。いやあ、金持ちって凄いね。ちゃんと礼を言っとけよ。おうちも広いんだろ？　お前が寝泊まりする部屋ならいくらでも空いてるって言ってたからな。いいなあ、代われるものなら俺が代わって豪邸にお泊まりしてーよ。それじゃな、今夜は安心してぐっすり眠れよ』

「え？　あ、ちょっと牧瀬さん、待っ――」

一方的に喋り、通話は途切れてしまった。相変わらず人の話を聞かない先輩だ。

奏多は茫然となる。

「話は終わったか」

博臣の声で現実に引き戻された。

「これから会社に行くのか？」

「……いや、それは明日になった。みんな、まだ仕事があるからって」

「そうか。だったら明日は俺が送っていく。一緒に家を出ればいいな。アパートに取りにいく荷物はあるか？　あったら黒須に取りに行かせる。まあ、生活用品なら予備があるから大丈夫だ。下着も俺の予備がある。必要な物があるなら言ってくれ。買ってくる」

真顔で言い出す博臣に、奏多は唖然とした。すでに奏多がこの家に世話になる前提で話が進んでいる。本人が知らないところで、そんなやりとりがなされていたことにびっくりした。奏多の身の安全を考えてのことだとはわかるが、それにしても一言くらいあってもいいだろう。今このタイミングで博臣と一つ屋根の下で寝起きするとなると、それはまた別の問題が発生するじゃないかと、奏多は一人あたふたと焦る。

「お、お前はいいのかよ、それで」

「何が？」

不思議そうに返されて、奏多は答えに窮した。この複雑な心境をそのまま伝えるわけにはいかない。だってお前は俺のことが好きなんだろうと訊くのは、さすがに直球すぎる。

「いや、急な話だし。四六時中家の中に他人がいたら、ゆっくり休めないだろうし……」

「俺は別に構わない。最初から言ってるだろ？　住み込みを所望すると言ったのに、お前が拒否したんだ」

「うっ、それは……」

「あの時はお前の意見を尊重したが、今回は俺も譲らないからな。アパートには戻らせないし、会社での寝泊まりもダメだ。ここにいろ。何かあったら俺が絶対にお前を守るから」

「——！」

思いがけない真摯な言葉をかけられて、心臓がぎゅうっと鷲掴みにされたみたいだった。頬が見る間に紅潮するのが自分でもわかる。こんな破壊力のあるセリフを、まさか自分が言われる立場になろうとは想像もしたことがなかった。

「……ま、守るって、何だよ……女じゃあるまいし……っ」

「こういうことに男も女もあるか。頼むから俺の目の届くところにいてくれ。勝手に動き回られると、こっちの心臓がもたない。心配で、仕事も手に付かない」

博臣はじっと奏多を見つめて、更にじりじりと距離を詰めようとしてくる。

「――わ、わかったから！　近いっ、それ以上、こっちに来るな！　後ろは壁なんだぞ」

「もっと俺を頼ってくれ。こんなに傍にいるのに、相談もしてもらえないなんて悲しいだろ。俺だけ蚊帳の外というのは傷つく」

「黙ってて悪かったってば。ホント、近いって、これ以上もう下がれない……っ」

その時、インターフォンが鳴り響いた。

「あ！　誰か来たぞ」

助かった。奏多は至近距離に迫っていた胸板をぐいぐいと押し返した。

博臣が一瞬不満そうにしてみせる。しかしすぐに「ああ、そうだった」と、思い出したように踵を返す。

インターフォン越しに応対する博臣の背中を睨みつけながら、奏多は動悸《どうき》の激しい胸を押さえた。懸命に深呼吸を繰り返す。

博臣はただ純粋に奏多のことを心配してくれているのだろう。そこに別の感情を絡ませては、勝手にドキドキしてしまう自分がおかしいのだ。だが、博臣の気持ちに気づかないフリを装うにも限界がある。こんな調子ではすぐに不審がられてしまう。

平常心、平常心――必死に自分に言い聞かせていると、俄に玄関が騒がしくなった。

「お待たせしました！　失礼します」

突然、どやどやと作業着姿の男たちがリビングに入ってきた。奏多はぽかんとなる。わけがわからず博臣を探すと、彼は業者に指示を出しているところだった。

「ベッドはこの部屋に運んでくれ。そのチェストはこっちの壁際に」

「はい、かしこまりました」

なぜか物置部屋に次々と家具が運び込まれていく。あそこは物の詰まった段ボールが無造作に押し込まれている場所だ。

奏多はおかしいなと思い、小走りに駆け寄って訊ねた。

「おい、ベッドって何だよ。新しいヤツを買ったのかよ。もったいないな、まだ使えるのに。それに、お前の寝室はあっちだろ。その部屋、掃除もしてないぞ」

「これは俺のじゃない。お前のだ」

「は？」

奏多は思わずきょとんとなる。博臣が得意げに言った。

「今日からここがお前の部屋だ。心配しなくても掃除は済んでいるから、好きに使ってくれ。ああ、カーテンはもう変えておいたからな。以前から目をつけていた物がようやく手に入ったんだ。昼間、お前が出かけている間に取り付けておいたぞ。いい感じだろ」

そう言って指差した先、部屋の奥に見えた真新しいそれは、北欧キルトのパッチワークをイメージしたようなちょっとレトロで洒落《しゃれ》たカーテンだった。

絵本の中のうさぎの家に掛かってそうだなと、奏多は最早他人事のように思うしかなかった。

●8●

これまでは専属便利屋とはいえ、自宅アパートから博臣《ひろおみ》が暮らすマンションまで毎日通っていた。その往復が、自分は給料を貰って働いているのだという感覚をもたせてくれていたのだ。

しかし、同居となると話が変わってくる。しかも、奏多《かなた》の都合で居候させてもらっているのだ。家事ぐらい引き受けるのはむしろ当たり前。契約とはいえ、これで金を貰うのは正直言って気が引けた。

「今日は早く帰れるはずだ」

「そっか。じゃあ、夕飯作って待ってる」

「ああ。それじゃあ、いってくる」

「おう、いってらっしゃい」

毎朝の習慣で、玄関まで博臣を見送る。ドアが閉まり、無意識に顔の横に掲げていた手の存在に気づいて、奏多はハッと我に返った。

「……いってらっしゃいって、俺は奥さんかよ」

イヤイヤイヤと首を振る。だが見下ろした自分は、当然のように博臣が用意したエプロンを着用しているし、先ほどの会話を思い返してみてもまるで新婚夫婦のそれだ。

「違う違う。何考えてんだよ、俺！　やばいぞ、早く引っ越し先を見つけないと」

博臣の自宅に居候を始めて、早くも三日が過ぎた。

盗聴器の件は熊谷《くまがい》たちとも話し合い、奏多の希望でしばらく様子を見ることに決めた。念のため、植村結奈《うえむらゆな》とも連絡を取る。彼女の身辺に特に変わったことはないようで、ひとまずホッとした。博臣の命で密かに秘書の黒須《くろす》がアパート周辺の見回りをしてくれていたそうだが、怪しい車や人物は見かけなかったという。あれからストーカーメールも受信しないし、黒須に確認してもらったポストにも怪しい封書物は入っていなかった。

仕掛けた盗聴器が発見されたことに、犯人も気づいたのかもしれない。

これで収まってくれればそれでいい。

博臣との契約期間もあと一週間を切った。とりあえず、考えなければいけないことは引っ越しだろう。まずは大家さんに連絡して解約手続きを済ませ、その後は不動産屋で新居探しだ。

心配してくれるのはありがたいが、博臣との同居は疲れる。

もちろん彼自身に問題があるわけではなく、奏多が勝手に参っているだけだった。

博臣は今まで通りで、何ら変わりない。会話も態度も、あからさまな下心が見え隠れすることもなく、いたって普通だ。むしろその普通すぎるところが、かえって奏多の過剰反応を引き起こし、ちょっと手が触れたぐらいで馬鹿みたいに狼狽える始末だった。

昨日はそのせいで、博臣に訝しがられた。夜は久々に高校時代の夢を見て、キスをされそうになった瞬間、心臓が爆発しそうになって目が覚めた。

これではまるで、奏多の方が博臣を好きで好きで意識しすぎているみたいだ。

「……そんなわけあるかよ」

生まれて二十八年間、恋愛対象は常に女性だった。決して人数は多くないが、それなりに女の子と付き合ってきたし、いつかは結婚して家庭を持つのだろうなと考えていた。同性に邪な感情を抱いたことは一度もない。

だから博臣の気持ちがどうであれ、自分はそのつもりがないのだと意思表示をはっきりしていれば大丈夫なはずだった。

博臣だって、まさか無理やり襲い掛かってくることはないだろう。十代の頃とは違う。衝動に任せて突っ走ればどうなるのか、彼が一番よく知っているはずだ。

考えてみれば、奏多と契約を交わしたのも、結果的に同居まで漕ぎ着けたのも、博臣からすれば計画通りというところだろうか。向こうもまた、じわじわと確実に距離を縮めつつ、奏多の反応を様子見している段階なのかもしれない。

ポーカーフェイスの裏に隠している下心が一体どれほどのものなのか、いっそはっきり知りたいとも思う。その一方で、彼から容赦なく想いをぶつけられた場合、困るのは自分だということもわかっていた。

このもどかしい関係が、実は一番居心地のいい状態なのかもしれない。

博臣は優しい。もともと面倒見がいい性格だから、時々どちらが便利屋なのかわからなくなることもある。自分が世話される側なのを忘れて、奏多を甘やかすからだ。同居を始めて、それは一層顕著になっていた。そしてそんな博臣の態度を深く考えずに受け入れてしまう自分が一番怖い。相手に嫌われてないことを自分は知っている。嫌われない確信がある。好意をもたれているという立場は、圧倒的に優位なのだ。

「……いつまでも甘えてちゃ駄目だよな。早く、あの部屋から出ないと」

ベビーシッターの約束の時間に余裕を持ってマンションを出る。駅前の不動産屋へ足を向けた。

ガラスドア一面に張ってある物件情報を眺めて、小さくため息をつく。

「敷金礼金だけでこんなにするのか。あっ、ここいいな……でも、会社から遠いや。駅からも遠いし。こっちは……うーん、家賃がちょっと高いかな……」

そう簡単にいい物件は見つからない。と言い訳してみるが、あれこれ難癖をつけるばかりで、果たして本気で引っ越す気があるのかは疑問だった。もしかして、自分はあのマンションの部屋から出て行きたくないのだろうか。もうすぐ便利屋としての契約は終わる。だが、引っ越し先が見つからなければ、きっと博臣なら好きなだけここにいればいいと言うだろう。自分は心のどこかでそれを待っているのではないか――。

店先のチラシをしばらくぼんやりと眺めていると、窓越しにスタッフと目が合った。

若い男性スタッフが腰を上げる様子が見えたので、奏多は慌ててその場を立ち去る。

電車に乗って四宮《しのみや》家に向かう。史香《ふみか》と晃太《こうた》が待っていた。

「それじゃ、北森《きたもり》くん。この子をよろしくね」

「はい。史香さんも気をつけて。いってらっしゃい」

晃太と一緒に忙しい彼女を見送る。

「晃太くん、今日はおやつを買ってきたよ。コンビニスイーツだけど」

ビニール袋を見せると、晃太が目をキラキラさせてぱあっと笑った。

「ロールケーキだ！　前に食べたことがあります。博臣おじさんが買ってくれました」

「え、そうなの？」

「博臣おじさんのお友達が、長いロールケーキを半分に割ってくれて、いっしょに食べたんだそうです。それがおいしかったんだって、言ってました」

「長いロールケーキ……？」

脳裏で閃くものがあった。

高校生の頃の話だ。プールの帰り道に寄ったスーパーで、安売りの特大ロールケーキを見つけたことがあった。腹が減っていたのでそれを買い、博臣と半分ずつ食べたのだ。

晃太に言われるまですっかり忘れていた。あれから今まで、何度もロールケーキを見かけていたはずなのに、そんなことは思い出しもしなかった。先ほどコンビニに寄った時だってそうだ。おいしそうだから晃太と一緒に食べようと考えて、何となく手に取っただけだった。

しかし、博臣は違ったのだろう。一人分にカットされたそれを見て、当時一緒に食べた特大サイズのロールケーキを思い出した。それは、ケーキの思い出というよりはむしろ、奏多との思い出だ。

スポンジ生地の真ん中に生クリームがたっぷり詰まったケーキは、思いの他甘かった。晃太と一緒におやつを食べて、その後はまったりと読書タイムに突入する。

「奏多さん、ピットとラックの本を読みますか？」

その耳慣れたタイトルに、奏多は思わずソファにもたれていた体をビクッと起こした。どうやら晃太は作者について何も知らされていないようだ。

「うん、ありがとう。でも、この前、読ませてもらったよ？」

「えっと、この前読んだのは二冊だったので、まだ十冊も残ってるんです。持ってくるので待っていてください」

にぱっと笑った晃太が、タタッと子ども部屋に走ってゆく。奏多も後を追った。本棚の一番下の段に並べてあった薄い本をせっせと取り出し、晃太が一気にそれらを持ち上げようとする。「ふんっ」と気張り、ふくふくとした頬がぷうっと上気した。

「晃太くん、重いから俺が持つよ」

奏多は慌てて晃太の手から本を引き取る。一冊一冊は薄いし軽くても、これが十冊にもなると結構な重量だ。「ありがとうございます」と、礼儀正しい六歳児がぺこりと頭を下げて礼を言う。かわいいなと思う。

ふと、博臣の幼少期はどうだったのだろうかと考えた。晃太とは血のつながりがないので、そっくりそのままというわけではないのだろうが、なんとなく重ねて見てしまう。

高校で知り合った時の博臣は、仲間とつるまず一人でいることが多かったように思う。集団が苦手だと言っていた。子どもの頃は親の仕事の関係で引っ越すことが多く、なかなか人の輪に入ることができなかったとも。実際に本人の口から聞くまでは、ただ無口で無愛想で地味なクラスメイトだとしか思っていなかったから、彼の印象がガラリと変わったことをよく覚えている。ただの人見知りだと知って、大笑いしたのだ。

晃太と並んでソファに腰掛けて、奏多は絵本を開いた。

シリーズ一作目は奏多も持っている、クレヨンの話。

初版が発売されたのは四年前だ。逆算すると、博臣が海外の大学を卒業して帰国後に執筆したことになる。それから年に二～三冊程度の割合で刊行されているようだ。

クレヨンの話を読み返しながら、博臣と初めて喋った時のことを朧に思い出した。

当時高校一年生だった奏多が渡したボールペンを、いまだに博臣は大事に持っている。もう十二年も前の話だ。あんなほんの些細なやりとりが、博臣にとっては、彼の中の何かが変わってしまうくらいに重大な出来事だったんだなと考える。あの頃から博臣は奏多のことを特別に思っていたのだろうか。いや、男相手にボールペンを一本貰ったくらいなら、「こいつ、いいヤツだな」と好印象を抱く程度だったのかも。

二年生になって、同じクラスに奏多の名前を見つけた時、どう思ったのだろう。

奏多は申し訳ないが博臣のことを覚えていなかった。でも、博臣は覚えていたくせに、自分からは何も話しかけてこなかった。再び口をきいたのが、五月の終わりだ。一人でこっそり泳ぎの練習をしていた市営プール。知った顔が目の前に立っていて、奏多は心臓が口から飛び出そうになるほど驚いた。当時、博臣は定期的に通っていて、その日もたまたま泳ぎにきただけだと言っていたけれど、今になって疑問に思う。あれは本当だろうか。

五冊目の水遊び編を閉じて、六冊、七冊と読み進める。

飛び飛びに読むと、かわいらしい絵柄が売りの、白うさぎと黒うさぎが繰り広げるよくある日常話だ。しかし、改めて一冊目から順に捲っていくと、ちょっとおっちょこちょいで好奇心旺盛な白うさぎを、仲良しの黒うさぎがいつも傍に寄り添って健気に世話を焼くふたりの関係性が見えてくる。

特にそういう描写は見当たらないのに、この黒うさぎは白うさぎのことが大好きなんだろうなと、そんな隠された愛情がじわじわと伝わってくる。

黒うさぎは本当に白うさぎのことが大好きで大好きで仕方ないのだ。

「奏多さん、どうしましたか！」

晃太の甲高い声で、現実に引き戻された。

「え？」と、振り向いた時、目の縁から何かがこぼれ落ちる。ぱたぱたと水滴が手の甲を濡《ぬ》らす。

一瞬、何が起きているのかわからなかった。肌を滑る感触の正体が自分の涙と知って、茫然とする。どうして泣いているのだろう——わけがわからない。

晃太がソファから下りて床にしゃがみ、心配そうに奏多の顔を覗き込んできた。

「奏多さん、大丈夫ですか？　どこか痛いですか？」

「――あ、ううん」

慌てて首を振る。急いで目元を拭った。

「何でもないよ。ちょっと目にゴミが入っちゃっただけだから。ごめんね、びっくりさせて。ありがとう」

笑って頭を撫でると、晃太はホッとしたように息をついた。

戸惑う気持ちを懸命に宥めて、奏多は夕食の準備に取り掛かろうと腰を上げる。そこへ史香から電話がかかってきた。人と会う予定がキャンセルになったので今から帰るという連絡だ。晃太に伝えると、この時間に母親が帰宅するのはよほど珍しいのか、びっくりしたみたいに目を丸くしていた。

しばらくすると、史香が帰ってきた。

「ただいま。晃太、いい子にしてた？」

息子のふくふくほっぺに頬擦りをしながら、史香が言った。

「北森くん、ありがとうね。こんなことなら晃太を会社で待たせておけばよかったわ。あと三時間くらいは帰れないと思ってたから、わざわざ来てもらったのにごめんなさいね。ねえ、北森くん。いつもお世話になってるし、これから一緒に食事に出かけない？」

せっかくのお誘いだが、奏多は「すみません」と断った。

「この後、アパートの大家さんちに行かなきゃいけないんです。それに、博臣……くんの夕飯も作らなきゃいけないし」

史香がプッと噴き出した。

「ちょっと、すっかり主婦になっちゃってるじゃない！」

「は？　主婦？」

「旦那の帰りを待つ新妻みたいなこと言わないでよ」史香がケラケラと笑う。「そうそう、北森くんに訊きたいことがあるんだった」

抱きしめていた晃太を離し、立ち上がった彼女が耳打ちしてきた。

「どうも博臣のヤツ、昔フラれた相手と再会したみたいよ」

「――え？」

「あの子の秘書から仕入れた情報なんだけどね。黒須というのだけど、昔から家族ぐるみの付き合いで、私の方が博臣よりも付き合いが長いのよ。舎弟と言ってもいいわ」

黒須の話まで出てきて、奏多は内心ドキドキしながら黙って続きを聞いた。

「ほら、前に話したじゃない？　博臣が未練たらたらで昔の恋愛を引き摺ってるんじゃないかって話。ここ一ヶ月くらい、妙に博臣の機嫌がいいんですって。黒須が不審に思って本人に直接訊いてみたら、どうやら口を滑らせてそんなようなことを言ったらしいのよ」

史香が猫の様に目を細めてうきうきしながら訊ねてくる。「最近の博臣に何か変わった様子はなかった？」

「……さ、さあ。最近は仕事が忙しくて、帰宅も遅いみたいでしたけど」

「それ、本当に仕事かしら」

史香が神妙な面持ちで言った。

「いや、違うわね。仕事と偽って、デートしてたのよ。なるほど、北森くんにもまだ内緒なのね。確実にモノにしてから報告か」

奏多は何も答えられなかった。博臣の帰宅が遅かったのは事実だ。だが、それは別に誰かとデートをしていたわけではなく、本当に仕事が忙しかっただけである。奏多も実際に会社に残って働いている博臣の姿を目撃したし、休日はこそこそと副業に勤しんでいた。だから、外で誰かと会っていたわけではない。会っていたとすれば、家の中――。

「どんな子かしら。ああ、会ってみたい！　ね、北森くんも気になるでしょ？　だって十年越しの片想いよ？　我が弟ながら執着心の塊みたいな男だわ。昔は急ぎすぎて失敗したらしいから、今回は逃がさないようにじっくり慎重に攻めるつもりでしょうね。私には真似できないわあ。一度フラれた相手に挑むなんて、絶対に無理！　でも――だからというか、まあそういう恋愛ができる人って、ちょっと羨ましいけどね。きっと、掴まえたら二度と離さないわよ。スッポン並みよ、いろんな意味で！」

「………」

奏多は咄嗟に顔を俯けた。血が上り赤くなっているのが自分でもわかる。

博臣が妙に機嫌がいい？　一ヶ月前といえば、ちょうど奏多と再会した頃だ。

あいつが浮かれている？　この数日で変わったことといえば、盗聴器の一件で奏多が博臣の自宅に居候を始めたことだ。

何てわかりやすいのだろう。いたたまれなくて、益々頬が熱くなる。

「ねえねえ、北森くん」

そんな奏多の心中などまったく気にするふうもなく、史香は嬉々として言った。

「あの子から恋人を紹介されたら、すぐに私にも教えてね」

我が弟ながら執着心の塊みたいな男だわ――史香の言葉が蘇る。

本当にその通りだと、奏多は駅に向かう往来を歩きながら思った。

もし奏多と再会していなければ、彼の想いはどうなっていたのだろうか。

この先も、絵本のシリーズだけがどんどん増えていくのかもしれない。最終的には、コルクボードに張ってあったような花嫁花婿バージョンのうさぎたちが店頭に並ぶ可能性も十分考えられる。あんなかわいらしいキャラクターに、二十八歳の男の甘くてほろ苦い思い出と妄想がぎゅうぎゅうに詰め込まれているなんて、誰が想像するだろう。

「……考え方が暗いんだよ。よりによって何で絵本なんかに自分の想いを託すかな？　せめて小説とかにすりゃいいのに。俺が読まなかったら意味ないだろ」

全国の書店に自分の想いをばらまいて、大胆なのか臆病なのかよくわからない。

だが、嫌悪感を抱くかといえば、そういうわけでもなかった。絵本を通じて行き場を失った博臣の想いがひしひしと伝わってきて、胸が詰まり痛いくらいだった。

――昔は急ぎすぎて失敗したらしいから、今回は逃がさないようにじっくり慎重に攻めるつもりでしょうね。

史香の言葉を思い出す。奏多はすでに囲い込まれている状態だ。今後どうやって博臣が攻めてくるのか、まったく予想もつかない。

イヤだなと思う。いつまで奏多は博臣の恋情に気づいていないふりをしなければいけないのだろうか。今でさえ些細な接触にいちいちドキドキして、心臓を宥めるのに必死なのに。いっそはっきりと言ってくれと思う一方で、それができないトラウマを作った原因が自分にあることを反省していた。

十一年前はろくに話も聞かず、一方的に拒絶した。男同士にもかかわらずこいつは何を言っているんだと蔑んだ。

今ならどうだろうか。今、博臣に好きだと言われたら、自分はどう答えるだろう。

視野の狭かった学生の頃とは違い、奏多も社会に出てからは様々な人たちとの出会いを通して、己の価値観が随分と変化したことを自覚している。異性だろうが同性だろうが、人を好きになる気持ちに変わりはない。

もし今、あの時のように博臣にキスをされたとしたら、自分は――。

思考を断ち切るように電話が鳴った。

びくっと我に返る。慌てて鞄からスマホを取り出す。牧瀬《まきせ》からだ。

「もしもし？」

『ああ、北森？　今、話せるか？』

「はい、大丈夫です」

『お前から調べてくれって頼まれてた件のことなんだけど——』

牧瀬の報告を聞きながら、奏多は瞬時に浮ついた気持ちを引き締めた。

礼を言って通話を終える。すぐに別の相手に電話をかけた。

「もしもし、北森です。こんにちは、大家さん」

『北森さん？　もうお仕事は終わったの？』

昼間にも一度連絡をしているので、大家のお爺《じい》さんはすぐに本題に入った。

『解約手続きのことね。遅くなるかもしれないって言っていたから、たった今、書類を持っていったところだよ。アパートのポストに入ってると思うけど、これからうちに直接来る？　後日、印鑑を押した書類を持って来てもらってもいいし。どっちでもいいよ』

「アパートまでわざわざ来ていただいたんですか。すみません」

『いやいや、さっきまで孫がうちに来ていたから託《ことづ》けたんだよ』

一度アパートに戻ってみると伝えて、電話を切る。急いで駅まで走り、電車に乗った。

古い建物が見えてきた頃には、もう辺りは薄暗くなっていた。

たった数日離れていただけなのに、随分と家を空けていたような気がする。

息を切らし、コンクリートブロックの門の前で一旦足を止めた。静かに呼吸を整える。

張り出した二階建ての建物を迂回すると、狭い敷地の左側に集合ポストと階段がある。奏多は足音を立てないよう気を配って進む。まだ六時を回ったばかりなのに、妙に静まり返っている。帰宅の遅い住人が多く、普段も物音が聞こえはじめるのは大体九時を過ぎてからだ。

トタン屋根の自転車小屋の横をすり抜ける。路地を照らす申し訳程度の外灯の明かりに羽虫が群がっていた。

その下、ポストの前に誰かが立っている。

「こんばんは」

声をかけると、人影がびくっと揺れた。その拍子に彼女の手から封筒が二通、地面に落ちる。奏多は足早に歩み寄る。

「落ちましたよ、妃奈乃《ひなの》さん」

手を伸ばして二通の封筒を拾った。

妃奈乃がぎょっとしたように奏多を見ていた。外灯に映し出された凹凸の美しい顔がざっと青褪める。

「そこ、俺のポストだよね。今、入れようとしてたけど、これは俺に?」

「…………」

片方は薄い縦長の白封筒だ。表には『北森様』と大家さんの達筆で書いてある。

もう一方は、少し厚みのある横長の茶封筒だった。宛名はない。見覚えのあるそれは、先日ポストに入っていた物と同じだった。

奏多は糊付《のりづ》けしてあった封を開ける。

「！」

妃奈乃がいきなり封筒を引っ手繰ろうとした。咄嗟に奏多は指に力を入れる。互いに引っ張り合った結果、糊を剥がした封筒から中身が飛び出した。パッと白い紙片が視界の端に散った。二人の間に、数枚の写真が降ってくる。

茫然と立ち尽くす妃奈乃を横目に、奏多は散らばったそれらを拾い集めた。ほとんどが奏多一人を盗撮した物だが、二枚ほどツーショットが混ざっている。相手の女性はどちらも植村結奈だ。

「こっちの写真、彼女の友人宅で開かれたホームパーティーの時の物なんだよね。前にも同じ場所で撮られた物が混ざっていて、おかしいなと思ってたんだ。この写真が撮れる人は限られてるから」

「…………」

「この時、ケータリングを頼んだのが『プティ・ポワ』っていうフレンチレストランだったんだ。ちょっと調べさせてもらったんだけど、妃奈乃さんもそこのお店で働いているよね？　ホームパーティーの時も手伝いであの場にいたって聞いた。ごめん、俺は自分のことでいっぱいいっぱいで気が付かなかったんだけど」

「――！」

妃奈乃が顔を強張らせた。細い太腿《ふともも》の両脇でぎゅっと握られた拳を見ながら、奏多は僅かな逡巡《しゅんじゅん》を挟んで訊ねる。

「こんな写真を送られる理由がよくわからないんだ。俺、何かしたかな？」

「……………」

「その、何というか、自分が妃奈乃さんにそんなに嫌われてるとは知らなかったから」

「――ち、違う！」

奏多の声を遮るようにして、妃奈乃が言った。

「嫌ってるんじゃ、なくて……」

カアッと見る間に頬に朱を散らせる様子を目の当たりにして、奏多は思わず押し黙る。

ああ、そうか――想像が確信に変わる。彼女の気持ちを試すような訊き方をしてしまったことを申し訳なく思った。

アパートに越して以来、何度も顔を合わせて、言葉も交わしていたのに、まったく気づかなかった。つくづくこういう感情に対して自分がどれだけ鈍いのかを思い知った。反省する。けれども、やっぱり言葉にしてもらわないとわからない。これまでの経験上、モテる人生を歩んできたわけではないから、少し優しくされるとすぐに調子に乗るし、期待もする。だが、大抵の場合は女の子にそういう気はなくて、ただの勘違いで終わることがほとんどだった。

妃奈乃は初対面からクールな印象だった。会っても笑顔なんてほとんど見せてくれたことはなかったし、むしろ奏多に関心はまったくなさそうだったのに。

「ごめんなさい。自分でもどうしてこんなことをしたのかよくわからないんです」

ぽつりと蚊の鳴くような声が言った。握られていた拳がほどけて、力が抜けたように華奢《きゃしゃ》な肩を落とす。

「北森さんが、あんな親の金で贅沢三昧しているお嬢様女子大生と付き合ってるって知ったら、何だか凄くショックで……いつもと違って高そうな服を着てるし、北森さん、こんなボロアパートに住んでるくせに、何だか無理してるように見えたんです。最近、よく呼び出しを受けてるみたいだし、そのたびに急いで走って出かけていくのを見かけました。少し前に、俺は都合のいい家政夫じゃないって独り言を呟いているのを聞いて、そんな扱い受けるくらいなら別れたらいいのにって思ったんです。だって、私だったらもっと……っ」

彼女が言葉を詰まらせた。沈黙が落ちる。

奏多は記憶を順繰りに整理する。どうも誤解があるようだ。

「たぶん、妃奈乃さんが言っていることは全部仕事絡みだと思うけど」

俯いていた彼女が「え？」と顔を跳ね上げた。

「この写真の子も頼まれて恋人役をしただけだし、呼び出しはまた別の仕事相手だよ。俺、便利屋で働いているから。大家さんから聞いてない？」

妃奈乃が戸惑うように答えた。

「おじい……祖父からは、引っ越しの手伝いをしているって。だから引っ越し業者の人かと……実際に、隣町で作業をしている姿を見かけたことがあるし」

「ああ——うん。依頼があれば引っ越しのお手伝いもするけどね。便利屋だから、頼まれれば何でもやるよ。恋人役とか、ベビーシッターとか、身の回りのお世話とか。ほとんど家政夫みたいなこともしてる。無茶を要求してくるお客さんもいるから」

言いながら、頭に浮かんだのは博臣の仏頂面だった。ああ、そうだった。今日は早く帰って夕飯の仕度をしなければいけない。ゴハンの用意をして待っていると約束したのに、また拗《す》ねてしまう。ある意味、晃太よりもお子さまなのだ。

そう思った途端、少し笑いが込み上げてきて、無性に博臣に会いたくなる。

「でも、お嬢様の恋人役はやっぱり無理があったかな。付け焼き刃でエリートの真似とか違和感がありすぎて、妃奈乃さんには不信感をもたれたみたいだし」

妃奈乃が頬を紅潮させた。焦ったように「す、すみません」と懸命に首を横に振る。

「あの、じゃ、じゃあ、北森さん」

思い切ったように訊いてきた。

「今、付き合っている人はいないんですか?」

真っ正面から見つめられて、一瞬戸惑う。綺麗な黒い瞳が少し潤んでいた。ジージーと音が漏れる外灯の下、浮き上がった細い体が、僅かに震えている。

奏多は頷いた。

「うん」

妃奈乃が大きく目を瞠る。だが、続く奏多の言葉を聞いて瞬時に顔を引き攣らせた。

「だけど、好きな人はいる」

口にした自分が一番驚いていたかもしれない。けれども、心は妙にすっきりしていた。

ずっと悩まされてきた胸の痞《つか》えが取れたような、そんな清々しさが込み上げてくる。

自分はいつの間にか博臣のことを好きになっていたらしい。

情にほだされたところも多分にありそうだが、それだけではさすがに男相手にここまで悶々とはしないだろう。すでに特別な感情が芽生えていた証拠だ。

素直に認めてしまえば、かえって腹が据わったようだった。

妃奈乃が戸惑いがちに視線を忙しく動かした。

「あの、それって……」

その時、鞄の中からムームーと耳慣れた音が鳴る。

「あ、俺だ。ごめん」

奏多は慌ててスマホを取り出した。画面を見てぎょっとする。このタイミングで博臣からだ。どうすべきか迷っていると、気をきかせた妃奈乃が「出て下さい」と言った。彼女に謝って背を向ける。画面を操作して電話に出た。

『おい、どこにいるんだ！』

回線の向こう側から、開口一番にそんな怒号が投げかけられた。びくっとして思わず耳からスマホを遠ざける。電話越しに伝わってくる切羽詰まった様子に、浮ついた気持ちが瞬時に消えた。

「どこって、えっと……今、アパートに戻ってて」

『アパート？　何でまたそんな危険な場所にいるんだ。家に帰ったら部屋は真っ暗で、お前の姿も見えないからびっくりしただろうが。何があった？　おい、お前は大丈夫なんだろうな？　無事だな？』

「ああ、うん。平気だけど」

答えながら、しまったと反省した。自分が今置かれている状況を考えれば、博臣が心配するのは当たり前だ。案の定、彼からは心底安堵《あんど》したようなため息が聞こえてくる。

『……無事ならよかった』

ぎゅっと胸が詰まるような気持ちになった。

『何度も電話をかけたのにまったくつながらないから心配したんだぞ』

まだ晃太と一緒にいるのかと史香に連絡を取ったところ、もうとっくに帰ったと聞いて嫌な予感がしたという。これから捜しに出るところだったようだ。

「ごめん。取り込んでて、電話が鳴っているのに気づかなかった」

『何かあったのか？』

「いや、大家さんに用があって、こっちに来たついでに寄ってみただけだから。荷物も残ってるし、様子を見に」

『荷物なら、言ってくれれば俺が取りに行く。一人でふらふらと出歩くな。特にアパートの周辺は、お前に付きまとっていた奴がまだうろついているかもしれないんだぞ。少しは気をつけろ』

叱られているのに、なぜか嬉しかった。

「ごめん、今後は気をつける。心配してくれてありがとうな。もう帰るから」

自然と素直な言葉が口をつく。博臣が小さく息を呑む気配がした。

『いや、そこから動くな。今から迎えに行く。家の中で待ってろ』

「いや、いいって。電車で帰るから」

『俺はもう車に乗った。エンジンを掛けたからな。お前は部屋で鍵を掛けて待ってろ。いいな、俺が行くまで絶対に外に出るなよ』

「は？　あっ、おい」

一方的に通話は途切れてしまった。本当にエンジン音が聞こえたので、まもなくここにやってくるだろう。ため息をつき、踵を返す。立ち尽くしていた妃奈乃の元へ戻った。

「ごめんね。話の途中に」

「今の電話の相手が、北森さんの好きな方ですか？」

「へ？」

予想外の問いかけに、奏多は思わず声を裏返してしまった。

一瞬、奇妙な沈黙が落ちる。プッと先に吹き出したのは、妃奈乃の方だった。

「北森さんって、わかりやすいですね。よく言われませんか?」

「え」奏多はしどろもどろになる。「いや、その、今のは……」

「隠さなくてもいいですよ。電話で話している北森さんの声、すごく嬉しそうでした。あれを聞いちゃったら、勝てないです」

おかしそうに笑った彼女は、どこかすっきりしたような顔をしてみせた。

「もう、引っ越し先も決まってるんですね。すみません。さっき、電車に乗って帰るって言っているのが聞こえたから。付き合っていないなんてウソばっかり。もう一緒に暮らしているんじゃないですか」

「いや、あれは本当にただ居候させてもらってるだけで……面倒見がいいヤツだから。その、告白はこれから……」

言いながら、カアッと首筋から高速で熱が上がってくるのが自分でもわかった。どんな酷い顔をしていたのか、妃奈乃が声を上げて笑った。

「頑張って下さい。応援しています」

癖のない真っ直ぐな黒い髪をそっと指先で払って、にっこりと微笑む。六年も前から顔見知りだったのに、彼女がこんなふうに笑うところを初めて見た気がする。

妃奈乃がふっと真面目な顔をして頭を下げた。

「本当に、ご迷惑をかけてすみませんでした」

「ううん、こっちこそいろいろとありがとう」

奏多も釣られて頭を下げる。

「ああ、でも。盗聴器とかメールとか、ああいうのは犯罪になっちゃうから。これからは気をつけて」

「え？」と、妃奈乃が怪訝そうに訊き返した。

「何のことですか？」

きょとんとする彼女を凝視して、奏多は嫌な予感を覚えた。彼女が嘘をついているようには思えない。嘘をつく必要もない。

「俺の部屋に盗聴器を仕掛けたり、不審者メールを送ってきたりしたのって、妃奈乃さんじゃないの？」

「ち、違います！」

妃奈乃がブンブンと首を横に振って言った。

「私は写真を撮ってポストに入れただけで、盗聴器やメールなんて知らないですよ！」

9

奏多《かなた》はいつものようにベビーシッターの仕事を終え、帰宅する途中だった。

駅を出ると、すでに日は落ちていた。学生や会社員が忙しく行き来している。

スマホを確認し、仕事中の同僚に連絡を取った後、目についた書店に寄った。

絵本のコーナーに向かう。

この書店でもピットとラックシリーズは目立つ場所に並べてあった。晃太《こうた》に借りたうちまだ読めていなかった最後の二冊を手に取る。

博臣《ひろおみ》の部屋で見つけた、例のお星様の話が世に出るのはもう少し先だろう。最新刊は雪遊びの話だった。ピットとラックがお揃いのマフラーをしている。

これも博臣の願望だろうか。ふと既視感を覚えたマフラーの模様が、博臣が勝手に取り付けたカーテンによく似ていることに気づくと、思わず頬を火照らせてしまった。

「この絵本は、本当に心臓に悪いな……」

全国の子どもたちに博臣の妄想が駄々漏れだ。

結局、手にした二冊をそのままレジに持っていく。そのうち全作揃ってしまいそうだ。

書店を後にし、マンションへ向かって歩いている時だった。

背後に人の気配を感じて、奏多は即座に警戒心を強めた。

この辺りは閑静な住宅街だ。まだ七時を過ぎたばかりだが、シンと静まり返っている。戸建ての民家が建ち並び、擦れ違う人影はない。等間隔に立った街灯が静かに夜道を照らしている。

微かに足音が聞こえた。

革靴やハイヒールではない。たぶんスニーカー。少し距離があるのか歩き方の癖までは聞き取れなかった。これだけでは性別もわからない。わざと奏多に合わせているのか、もともとの歩幅がこれなのか、一定の距離を保って後ろからついてくる。

つい過剰に警戒してしまうが、おそらくはこの付近の住民だろう。もし何かあればすぐに奏多に連絡が入るはずだった。標的は【プーリッツ】のスタッフが交代で見張ってくれている。先ほども『異常なし』のメッセージが届いたばかりだ。

てっきり一連の出来事はすべて妃奈乃《ひなの》の仕業だと思っていたが、そうではなかった。

昨日、ストーカーメールが再び届いたのである。

しかも写真が添付されており、そこには博臣のマンションに入る奏多の姿が写っていたのだ。添えられた文面も今までとは違い、支離滅裂で狂気じみていた。

《新居ですか?》《一人ではないですね?》《誰と暮らしてますか?》《昨日一緒に歩いていた男は誰?》《そいつと一緒に暮らしてるんだ?》《アパートにも来た男だよね?》

更にもう一枚、博臣と史香《ふみか》が寄り添っている写真が届いた。

《この男は裏切り者》《あなたを魔の手から救い出します》《待っていて下さいね》

犯人は二人が姉弟だとは知らないのだろう。浮気現場の証拠写真に見せかけて、奏多の動揺を誘いたかったのかもしれない。それよりも厄介なのは、避難先までばれてしまっているということだ。近々奏多に直接会いに行くとも取れる内容で、早急に手を打たなければ危険だ。博臣にまで被害が及ぶのは何としてでも避けたかった。

ふいに背後の足音が消えた。

どうやら脇道に曲がったようだ。緊張を少し弛め、奏多は詰めていた息を吐き出す。その時、電話が鳴った。後輩の荒屋《あらや》だ。

「もしもし？　お疲れ様、どうした」

『すみません、北森《きたもり》さん！』

耳に飛び込んできた荒屋の言葉に、一旦落ち着いていた警戒心を瞬時に高める。

『店内で作業をしているのを見張ってたんですけど、一度奥に引っ込んでから全然出てこなくて。おかしいと思って他の店員に訊いたら、体調が悪くて早退したって。どうも裏口から外に出たみたいなんですよ！　俺、今一人で、まだ相手が勤務中だから表側から店内を見張ってる間に……』

ゾワッと背筋に寒気が走った。

「――わかった。みんなにも連絡してくれるか。マンションには誰がいるんだっけ？」

『牧瀬《まきせ》さんが見張ってます。俺が目を離したのは十分くらい……でも、アイツは自転車だからどこまで行ってるか。本当にすみません、気をつけて下さい』

「うん、とりあえず俺は牧瀬さんと合流する。大丈夫、もうあと少しでマンションに着くから。じゃあな」

電話を切って、帰路を急ぐ。緑地公園を越えればその先はマンション前の往来だ。街灯に照らされて明るい道なので、とにかくそこまで足早に夜道を進む。

再び着信を知らせるバイブが鳴った。今度は博臣だ。仕事が終わったのだろうか。

「もしもし？」

『北森？　無事か！』

博臣の焦った声が返ってきた。妃奈乃のことや新たなメールが届いたことまで、すべて事情は話してある。犯人の目星はすでについていることも。酷く心配してくれていたが、狙われる可能性のある彼のためにも、一刻も早くケリを付けるつもりだと伝えていた。

『どこにいる？　今、マンションに戻ったら牧瀬さんがいて話は全部聞いた。一人で動くな。なるべく人込みの中にいろ。すぐに迎えに行くから』

「いや、実はもう近くの公園まで戻って来ているんだ。あとちょっとでマンションが見えるはずだから――んぐっ」

突然、背後から口を塞がれた。ちょうど公園の入り口に差し掛かったところだった。植え込みの陰にでも身を潜めていたのだろう。

奏多は目を見開き、必死にもがいた。地面に落としたスマホから、『北森！』と博臣の叫び声が聞こえる。だが皮の分厚い手のひらで口元を覆われており、返事ができない。

無理やり公園内に引き摺り込まれた。

「んんっ……ふんんんっ」

クソッ——奏多は重心を低くし体が浮かないように踏ん張りながら、懸命に抵抗する。首に絡みついている腕はがっしりと太く筋肉質でなかなか外れない。ツンとする汗の臭いが鼻につく。影や気配から察して細身の奏多よりも明らかに縦も横もある男だ。当然、力勝負では勝てない。このままではずるずると茂みに連れ込まれてしまう。

足場の見えない暗闇の中でふいに男が躓《つまず》いた。

次の瞬間、体が反射的に動いた。素早く足を振り上げ、男の脛《すね》を踵で打ちつける。背後で呻《うめ》き声が上がった。口元を覆っていた手のひらが僅かに弛み、その隙をついて相手の親指の付け根に思いっきり歯を立てる。

「イあッ！」

悲鳴が聞こえると同時に、奏多は自分の肘を背後の男の鳩尾《みぞおち》目掛けて叩き込んだ。

ぐふっと怯んだ相手の腕を振り払い、拘束から抜け出す。

「——！」

しかし、すぐに腕を捕まれた。物凄い握力でぐっと引き戻される。太い指が容赦なく皮膚にめりこんで、骨が折れるかと思う。「チッ」奏多は振り向き様に蹴り上げようとして、反対に足払いをかけられた。

派手に尻餅をつく。

「ってェ……やっぱりお前かよ」

圧し掛かってきた男を見上げて、奏多は舌打ちをした。

馬乗りになって奏多を見下ろしているのは、睨んだ通りの人物だった。リサイクルショップ店員の青年。——高浪《たかなみ》はTシャツの袖から筋肉隆々の腕を覗かせて、引き攣った笑いを零す。

盗聴器を仕掛けるためには部屋に侵入する必要がある。

当初、奏多は一連の仕業が同一人物による犯行だと考えていた。写真の件から大家の孫の妃奈乃なら合い鍵を持ち出すことも容易いと疑っていたのだ。しかし、そうではないとわかると、他に心当たりのある人物は一人しかいない。

リサイクルショップで冷蔵庫を買い替えたのが約三週間前。その時、部屋まで運び込むのを手伝ってくれたのが高浪だった。

不審者メールは更にその一週間前から送られてきていたが、個人を対象とする具体的な内容に切り替わった時期とも一致する。今思えば、メールが届くようになったのも、博臣と契約を交わした頃だった。

高浪が部屋で作業をしている最中、奏多は博臣との電話のやりとりも含めて、彼から目を離した瞬間が何度もあった。もちろん、その時は彼を疑うわけがなく、日頃懇意にしている仕事相手として信頼していた。気のいい好青年だと思っていたから余計にショックだ。

「何、やってんだよ、こんなことして……っ」

仰向けになり、体重をかけてくる高浪の両手を掴んで必死に押し返す。だが、体勢が不利な上、相手はプロレスラー並みの体躯の持ち主だ。汗でじっとりと張り付いたTシャツ越しに、みっちりと張り詰めた筋肉が盛り上がっているのが見て取れた。奏多もこの仕事を始めてからそこそこ場数を踏んできたつもりだが、圧倒的な力の差の前にはどうしようもない。丸太のような腕が徐々に押し寄せてくる。

「クソッ、た、かな……みぃ……っ」

肘が曲がり、じりじりと押される。

頭上でぼそっと低い声が呻くように言った。

「……あんたが悪い。俺の気持ちを踏みにじって他の男の家に転がり込むなんて」

「はあ？　何の話だよ……くっ、どけよ」

ぐうっと一気に高浪の顔が接近した。懸命に肘を伸ばそうと力を入れるが、重くて腕がまったく上がらない。これはマズイ。獣のような息遣いを聞かせながら視界いっぱいに広がる男の顔に、ゾッとする。一瞬、博臣の顔が脳裏を過ぎった。ここで奏多の身に何かがあれば、きっとあいつのことだ、自分を責めるに違いない。この件が片付いたら、改めて博臣と向き合って話をするつもりだったのに。変な負い目なんかもたれたら厄介だ。

今頃、博臣がこちらに向かっているはずだ。絶対に助けに来てくれる。

せめてそれまで時間を稼がないと——奏多は咄嗟にプッと唾を吐きかけた。狙い通りに唾液が目元に張り付き、高浪が一瞬怯む。素早く体を捻ろうとしたが、そう上手くはいかなかった。筋肉ダルマに馬乗りになられた下半身はなかなか抜けず、焦る視界の端に、逆上した高浪が拳を振り上げる姿が入る。

ヤバイ、殴られる――！

「うぎっ」と、潰れたような悲鳴が聞こえたのは、反射的に目を瞑った直後だった。同時に体の上に覆い被さっていた重量がふっと消える。

「北森、無事か！」

ハッと目を開けた。

体当たりした高浪の巨体は吹っ飛び、替わりにそこに立っていたのは博臣だった。

「はあ、はあ……ひろ……桐丘《きりおか》」

ホッと安堵して、脱力する。――助かった。

息を切らした博臣が、膝を突き奏多の顔を覗き込んでくる。酷い表情だ。せっかくの端整な顔立ちが心配しすぎて引き攣り、凛々《りり》しい眉は緊張が切れたのか情けなく下がって全体的なバランスが崩れてしまっている。だが、奏多は夜空を背景に見上げながら、この顔も悪くないなと思った。好きというよりは、愛しいという想いが込み上げてくる。

「大丈夫か？　あいつに、何をされた？」

場合によってはと、不穏な空気を纏った博臣が背後を振り返る。高浪は地面に横たわっていた。ぴくりともしない。気を失っている男を一瞥《いちべつ》する博臣の怒りが伝わってきて、奏多は慌てて上半身を起こした。かぶりを振る。

「何もされてない。ギリギリでお前が来てくれたから、助かった。ありがとうな」

たぶん、あと数秒でもずれていたら、奏多は間違いなく殴られていただろう。その後のことは考えるだけでも戦慄が走る。

博臣がようやくホッとしたように息をついた。

「無事でよかった。電話越しにお前の呻き声が聞こえた時は、一瞬頭が真っ白になった。通話は切れていないのに、何度読んでも返事がなくて、心臓が止まるかと思ったぞ」

ポケットから、奏多が落としたスマホを取り出す。拾ってくれたようだ。

「ごめん。まさか、こんなところで待ち伏せされているとは思わなくて。勤務時間も調べてあったし、まだ早いから油断してた」

「わざわざ早退してここに潜んでいたのか。駅からつけられていたのかもしれないな。立てるか？」

博臣が手を差し出す。奏多も彼の手を取ろうとしたその時だった。

暗闇の中で何かが動いた。ハッと目線を上げる。博臣の後ろから影が差す。ぬっと立ち上がった高浪が太い腕を振りかぶった。

「博臣、後ろ！」

奏多の叫び声に、博臣が反射的に半身を引いた。直後、高浪の腕が空を斬り、博臣は間一髪でそれを交わす。バランスを崩しながらも素早く後退った。だが、高浪は勢いを弛めずに博臣に襲い掛かっていく。「邪魔しやがって」と、しゃがれた声が吼える。

つかみ合いになった二人は、しばらくもみ合ううちに重なるようにして倒れ込んだ。上に圧し掛かっているのは高浪だ。博臣も百八十を優に超える長身でそれなりに鍛えているようだが、分厚い筋肉が盛り上がった高浪と比べるとやけに細く見える。

「北森、逃げろ……っ」

博臣が声を振り絞って叫んだ。その喉に、高浪のグローブのような両手が絡みついているのを見た瞬間、奏多はざっと血の気が引いた。

急いで周囲を見回し、肩から落ちたトートバッグを見つける。立ち上がってバッグを掴むと、走りながらそれを振りかざした。

言葉にならない声を発して、思いっきり高浪の側頭を叩きつける。

「ぐあっ」

高浪の巨体がぐらりと傾いだ。立て続けにもう一発、鞄で殴りつける。相手は呻きながら、博臣の首にかけていた手を外す。諦めたかと思ったが、今度はその手で奏多の腕を掴んできた。

「うわ！」

「北森！」

物凄い力で引き倒されそうになったそこへ、咳き込みながら起き上がった博臣が自分の体を割り込ませた。高浪の横腹に強烈な蹴りを食らわせる。怯んだ相手の横っ面に更にとどめとばかりに拳を叩きこんだ。

ドサッと鈍い音を響かせて、高浪が倒れ込む。

「北森！　桐丘さん！」と、駆け寄ってくる人影が見えた。牧瀬だ。博臣と手分けをして探してくれていたという彼は反対側の入り口からこちらに向かってくる。近くでバタンと車のドアが閉まる音が聞こえた。リサイクルショップからそのまま駆けつけてくれたのだろう。「北森さん、無事ですか！」と、荒屋も転がるように走って現れる。

「……何とか」

奏多はぜいぜいと肩で息をしながら無事を伝えた。

「ひろ……桐丘さんに助けてもらって、俺は平気だけど。こっちが大変で、さっきまでそいつともみ合ってたから。大丈夫か？」

心配して訊ねると、博臣が「大丈夫だ」と片手を上げて返した。首をさすりながら、まだ少し咳き込んでいる。

牧瀬が熊谷《くまがい》と警察に連絡し、まもなくして付近の交番から警官が駆けつけてきた。高浪は完全に伸びていて、しばらく目を覚ましそうにない。

事情を説明している最中、高浪が意識を取り戻した。パトカーがやって来て、別の警官が身柄を引き取っていく。奏多たちも同行を求められたが、博臣が呼び出した桐丘グループの顧問弁護士が間に入ってくれて、二人とも怪我をしているので明日警察署へ出向くということで了承してもらった。

「それにしても災難だったな。まさか高浪くんがストーカーとはなあ」

パトカーが去り、静かになった公園で大きく伸びをした牧瀬がしみじみと言った。

「桐丘さんまでうちの騒動に巻き込んでしまってすみませんでした。北森、ちゃんと礼をしろよ。でもこれで犯人は捕まったし、安心だな」

「はい。ありがとうございました」

牧瀬と荒屋に改めて礼を言い、博臣と一緒に二人を見送った。

「俺たちも帰るか」

「うん、そうだな」

博臣と肩を並べて歩き出す。

遊歩道の街灯が博臣を照らした。首に生々しい指の痕が浮かび上がるのを目の当たりにして、奏多は思わず唇をきつく噛み締める。出頭を明日にしてもらったのは、博臣自身の体調が思わしくなかったからではないか。他に確認できるだけでも腕や頬にいくつかの擦り傷が見つかった。奏多よりも多い。自分のせいで博臣が傷つけられるのは辛かった。高浪に圧し掛かられて苦しげに喘《あえ》ぐ彼の姿を思い出すとゾッとする。

博臣がケホケホッと軽く咳をした。

「――だっ、大丈夫か？」

「ああ、平気だ。ちょっと噎《む》せただけだから」

何でもないように言ってみせるが、奏多は彼が心配で仕方ない。

「少し休もう。あそこに自販機があるから何か買ってくる。そこに座って待っててくれ」

脇の芝生地帯を指差し、奏多は自動販売機まで走る。適当に見繕い、急いで戻った。

「水とお茶とスポーツドリンク、どれがいい？」

芝生に座り込んでいた博臣が水を選ぶ。ペットボトルの蓋を開けて渡した。水を飲む博臣をじっと見つめる。喉は痛まないだろうか。急に咳き込まないだろうか。

「どうした？　立ってないで座れよ」

「ああ、うん」

慌てて隣に腰を下ろした。お茶のペットボトルを開けて口をつける。思った以上に喉が渇いていたようで、一気に半分ほど流し込んだ。

湿った唇を舐めて、奏多は躊躇いがちに言った。

「ごめんな、お前まで巻き込んで」

博臣がこちらを向くのがわかった。

「別に謝ることじゃないだろ。それに、巻き込まれたなんて思ってない。間に合ってよかったよ。もし、北森に何かあったら、そっちの方が悔やんでも悔やみきれない」

静かな口調の割に、やけに熱量がこもっていて、奏多は思わず自分の胸元を押さえた。

少し汗をかいたペットボトルが、シャツ越しに火照った肌をじんわりと冷やす。申し訳ないと思う一方で、大事にされているその気持ちが心地よく、嬉しさを押し殺すようにして抱き寄せた膝に額を埋めた。

「……俺さ、あーマジでヤバイかもって危機感を覚えた時に、咄嗟にお前に助けを求めてたんだよ。絶対にお前が来てくれるはずだって、信じてた。ありがとうな」

ちらっと横目に窺うと、博臣が面食らったような顔をしてこちらを見ていた。目が合い、無性に気恥ずかしい。遠くを見るフリをしてさりげなく視線を逸らす。

「俺の方こそ、お前に助けられたよ。気を失っているものだと思い込んでいたから、完全に油断していた。——あの男ともみ合っている時、物凄い形相で北森を返せと言われたんだ。『俺の方がずっと好きだったんだから横取りするな』と言われてもな」

高浪は、店で働き始めた一年前から奏多にずっと好意を寄せていたのだと、事情を問い詰めた警官に話したという。最近になり急に表だった行動に出たのは、奏多が特定の男性客と専属契約を交わしたと知ったからだった。どうも【プーリッツ】に出入りしているうちに情報を耳にしたらしい。

「全然気が付かなかった。俺、そういうのは本当に鈍いみたいで」

「まあ、そうだな。もう少し人の好意に敏感になった方がいい。俺も不本意だ。こっちの方があんな男よりも余程長い間片想いをしてるっていうのに」

「え？」

思わず隣を向くと、博臣が「そういえば」と、唐突に話題を変えた。

「その鞄の中には何が入ってたんだ？　アイツを殴った時にバキって音がしたぞ」

「鞄？」

そうだった。奏多は脇に投げていたトートバッグを引き寄せて中身をさぐった。書店名の入ったビニール袋を取り出す。だが、手に持った感じが明らかにおかしい。

「あーあ、折れちゃってるよ」

薄い絵本の表紙は二冊とも真ん中からぽっきりと、表裏ともに折れていた。

「本か？」

「うん。お前が描いた絵本」

一瞬、沈黙が落ちた。

蒸した梅雨時の草むらから虫の音が聞こえてくる。むんと膨れ上がる青臭い匂いに混じって、博臣の動揺が伝わってきた。

奏多は袋の中から折れた新品の本を取り出す。博臣が戸惑ったように口を開いた。

「……やっぱり、気づいていたのか」

「まあな。この前、お前が書斎で居眠りしていた時に、部屋のドアが開いてたから。机の上には描きかけの原稿が置いてあったし、コルクボードには手描きのうさぎのイラストが貼ってあったし。そういえば、イラストの周りに貼ったメモ。あんなもんいつまで大事に取ってるんだよ。早く捨てろ」

「あれは俺の宝物だ。捨てられない」

きっぱりと言われて、奏多は押し黙ってしまった。ぶわっと体温が上がり、恥ずかしさに背中がむず痒くなる。

「……絵本、売れてるみたいじゃん。晃太くんも全シリーズ揃えたって言ってたぞ」

「そうか」博臣が小さく笑った。「晃太は何も知らないんだ。姉にもまだ話していない」

史香は知っていそうな気もしたが、彼女のことだ。知っていれば奏多にこっそり教えてくれたに違いない。

逡巡するような間をおいて、博臣が遠慮がちに訊いてきた。

「お前も、読んだんだろ？」

「一応な。でもまだ二冊残ってる。読もうと思ってさっき買ったばかりだったんだけど」

「そうか。読んだところまでの感想でいい。どうだった？」

問われて、奏多は困った。

「……何というか、黒うさぎが白うさぎのことを好きすぎて、いろいろ大変だなって思ったよ」

読み進めるうちに、健気な黒うさぎにちょっぴり同情してしまった。無邪気すぎる白うさぎには少しばかり腹が立った。だがその感想はそっくりそのまま奏多と博臣自身に返ってくることに気づくと、さすがに何も言えなくなってしまう。

このほんのちょっとずれて噛み合わないふたりのもどかしさが、博臣がリアルに感じていた奏多との距離感そのものなのだろうと思うと切なかった。

「まあ、あれだな。白うさぎはそういう感情にとことん鈍いヤツなんだよ」

博臣が「そうかもしれないな」と、微かに笑った。

白うさぎは奏多自身だ。

「だから、急に予想外のことをされるとパニックになるんだ。例えば——キスとかさ」

「…………」

「それが、これからも友達として付き合っていきたいと思っていた相手だったら尚更、腹が立って裏切られた気分になったし、俺が傷つけられた分、お前も傷つけばいいと思った。何で男相手に欲情するのかまったく理解できなかったんだ。そういう目で自分が見られていたことが気味悪くて、お前をまるごと否定してやらないと気が収まらなかったんだよ」

当時の青臭くて幼かった心境を明かす。博臣は黙って奏多の言葉を聞いていた。

「だけど、さすがに十年も経てば考え方だって変わるし、あの時の自分の言動は間違っていたんじゃないかって後悔もした。お前には恨まれているんだろうなと思ってた。再会してからは、厭味を言われるわ、金に飽かしてセクハラまがいのことまでされるわ、ついに復讐でもしに現れたのかと思ってたけど、でもまあ、本気でそう考えてたら、こんなもんじゃ済まないか。もっと酷い形で俺を貶《おとし》める方法はいくらでもあるんだから。何だかんだ言って、お前は俺に甘いし。わかりにくい愛情表現で、正直参ったよ」

真っ二つに折れた絵本を見つめて、奏多は思わず胸が熱くなった。

「いまだに、こんな絵本にするくらい俺のことが好きなのかと知ったら、ちょっと泣けてきた」

史香が執着心の塊みたいな男だと博臣を言い表したように、奏多も同じことを思う。

思春期の熱病みたいな恋愛を、よくもまあ色褪せることなく十年以上も引っ張り続けたものだと半ば感心する。

その瞬間は強く心に残った思い出も、大抵は時間が経つに連れて少しずつ風化してしまうのが普通だ。奏多も社会人になってからは、何かきっかけがない限り高校時代の友人を思い出すことはほとんどなかった。環境が変われば新たな人間関係が築かれ、長い間顔を合わせない相手は過去の思い出と共に記憶の隅に追いやられる。

誰かの心の中で、自分という一人の存在がずっと鮮明に息づいていることは、どれほど凄いことなのだろう。考えた途端に、ふいに熱の塊が喉元まで迫り上がってくる。涙腺が弛まないよう必死に堪えた。

博臣が驚いたような顔をしてこちらを向いた。

「泣いてるのか？」

「……ちょっと感傷的になっただけだよ。おかげで晃太くんにも心配されるしさあ」

今更ながら羞恥が込み上げてきた。

「ホント、どんな顔してこんなかわいい絵を描いてるんだか。絵本に自分の妄想をこれでもかっていうほど詰め込みやがって。――なあ、この話って、最後はどうなるの？　黒うさぎの気持ちは白うさぎに伝わるのか？」

「……そうなればいいなと思っている」

「ふうん。じゃあ、ハッピーエンドだな。白うさぎも黒うさぎのことが好きなんだし」

「――え？」

博臣の声を掻き消すようにして、奏多はすっくと立ち上がった。水分を含んだ湿った夜風が頬を撫でる。やけに生温く感じるのは、自分の体温が高いせいかもしれない。

心臓が早鐘のように鳴っていた。

あんな拙い告白で奏多の気持ちは伝わっただろうか。怖くて下を向けない。どうしていいかわからず、紺色の空にぺっとりと張り付くようにして浮かんでいる分度器みたいな半月を睨みつける。

しんとした静寂が落ちた。

「……そろそろ帰るか」

いたたまれない沈黙を破るように、博臣が言った。

「……うん」

奏多も頷いて鞄を手に取る。心臓が痛い。博臣が何を考えているのかわからない。奏多の告白はあまりにも遠回りすぎて、流されてしまったのだろうか。反応が薄すぎて不安になる。

のろのろと一歩踏み出そうとして、ふと異変に気づいた。自分で言い出しておいて、博臣はまだその場に座ったままだ。

「？　どうした？」

不審に思って振り返ると、どういうわけか博臣が手を差し出してきた。

「起こしてくれないか」

奏多は思わず目を瞬かせる。

「……仕方ねえな」

ドキドキしながら、博臣の手に触れた。骨張った大きな手はさらりとしていて、少し低めの体温が思いのほか心地よかった。ぐっと握って力をこめる。引き上げようとした次の瞬間、反対に強い力で引っ張られた。

「うわっ」

前のめりに倒れて、ぼすんと顔面から突っ込んだ。座り込んだ博臣に抱きつくような恰好になり、奏多は反射的に腕を突っ張る。しかし強引に腰を取られて引き寄せられた。

そのまま両腕ごときつく抱きしめられる。

「な、何、ちょ、ひろ……桐丘！」

身を捩ろうともがくが、力に阻まれてびくともしない。奏多はいよいよ焦る。ぴったりと密着した胸元から心臓の音が聞こえてきた。これはどちらのものだろうか。互いの音が混ざり合い、煽《あお》るような速さで奏多に襲い掛かってくる。ふわりと博臣の体から汗の匂いがした。嗅いだ途端、カアッと頬が熱くなる。

奏多を抱きしめながら、博臣が言った。

「さっきから思ってたんだが、どうせ呼ぶならきちんと最後まで呼んでくれないか」

「だっ、だから呼んでるだろ、桐丘って」

声がみっともないくらいに引っくり返った。

「いや、そっちじゃない。さっきは呼んでくれたじゃないか、博臣って」

「――！」

いつ、そんなふうに呼んだのだろう。まったく記憶にない。うっかり呼ばないように気をつけていたのに。

「こ、晃太くんが博臣おじさんって呼ぶから、そっちがうつっちゃったんだよ。史香さんもお前のことを名前で呼ぶし。仕方ないだろ、昔のお前の苗字は紺谷《こんたに》だったんだから。急に名前を変更されても癖で昔の方を呼びそうになるんだよ。時々、今の苗字を忘れそうになるし」

「だから、わざわざ苗字で呼ばなくてもいいだろ」

博臣の言葉に、奏多は思わず押し黙った。

「俺は、奏多って呼びたい」

「……別に、呼べばいいだろ。呼ぶなとは一言も言ってない」

そうかと、博臣が吐息混じりの声を聞かせる。それだけで酷く喜んでいるのが伝わってきた。奏多は目の前の逞しい肩口に顎をのせ、小さく息をつく。強張っていた体の力をゆっくりと抜いた。「奏多」と耳元で熱っぽく囁《ささや》かれて、甘い痺《しび》れにぞくっと背筋を震わせる。

「奏多も俺のことを名前で呼んでくれ」

「……何で俺まで」

「恋人には名前で呼んで欲しい」

「！」

咄嗟にバッと体を離した。あまりにもさらりと博臣がその言葉を口にしたので、ぎょっとする。

同時に、つくづくタチが悪いと思った。

どうやら奏多の告白はとっくに彼に届いていたらしい。

「どうした？」

博臣が真顔で首を傾げてみせるので、照れている自分が余計に恥ずかしくなった。

「……何でもない」

火照った顔を隠すようにして、自ら博臣の肩口に額を埋めた。

すぐさまぎゅっと抱きしめられる。ぐにゃりと背骨が溶けたみたいに力の抜けた体が、博臣の胸板に押し付けられる。すでにドキドキを通り越して、力強く包み込まれる感覚にほっと安堵すら込み上げてくる。

「俺は奏多のことが好きだ」

鼓膜に直接吹き込むようにして、博臣が甘く掠《かす》れさせた声で言った。

「ずっと好きだったんだ」

「……知ってる」

「今も大好きなんだ」

「……うん、知ってるって」

「愛してる」

「わっ、わかったから！　そんなやらしい声で何度も耳元で囁くなよ。恥ずかしいだろ」

「何回でも言いたいんだ。今まで一度も言わせてもらえなかったからな。十二年分の想いが溜まってる。大好きだ、奏多。好きで好きでたまらない。愛して……」

ビタンと博臣の口元を手のひらで覆った。むぐっと博臣がくぐもった声を漏らす。

「もうお前はいいだろ。言いすぎだ。俺にも言わせろよ」

口元を押さえつけたまま、奏多は博臣を見つめた。切れ長の目が驚いたように瞬く。黒い瞳に自分の顔が映る。この目にずっと自分は映り続けてきたのだと思うと、胸が切なく震えた。

博臣、と呟いた自分の声が妙に熱っぽい。

「好きだよ。俺もお前のことが好きだ」

手を外し、現れた唇に自分のそれを押し当てた。

「……長い間、片想いをさせて悪かったな」

ニッと笑うと、きょとんとした博臣がふいにくしゃりと顔を歪めた。

「何だよ、泣くなよ」

「泣いてない。奏多が急に予想外のことをしでかすから、びっくりしただけだ」

「だったらそっぽ向いてないでこっち向けよ。月が明るいから、目元が濡れてるとすぐにわかる……わっ」

揶揄い混じりに顔を覗き込もうとした瞬間、両手をぐっと捕まれた。

「十二年越しの想いがようやく伝わったんだ。嬉し涙ぐらい流したっていいだろ。でも、お前だけには見せたくない」

「何でだよ。別にいいだろ、見せて……んんっ」

声を奪うような強引さで唇をきつく塞がれる。びっくりした。思わず体を引きそうになった奏多の背中を、逞しい腕が逃がすものかと抱き寄せる。その力強さに、思わずぞくっと背筋が甘く震えた。弾力のある唇が擦れ合い、優しく吸われる。

——キスって、こんなに気持ちよかったっけ……。

突っ張っていた腕から力を抜いた途端、口づけはすぐに深くなった。

汗や砂にまみれた体を洗い流すため、交代でシャワーを浴びた。

バスローブを着た博臣《ひろおみ》がリビングに戻ってくると、まるで示し合わせたかのようにソファに座る。どちらからともなく身を寄せ合った。

二人の間の空気が濃密なものに変化するのはあっという間だった。言葉を交わすのは恥ずかしくて、沈黙を埋めるように唇を合わせる。

何度キスをしたかわからない。

男の唇は思った以上に柔らかいものだと知る。十年以上も前に初めて交わしたキスは、とてもではないがそんなことを感じ取る暇もなかった。当時はただ押し当てるだけだった博臣のキスは、この十年で様々な経験を重ねてきたのだろう。唇と舌を駆使して奏多《かなた》を翻弄する。

最初は怖々と壊れ物を扱うみたいに触れていたくせに、徐々に深く大胆になっていき、仕舞いには子どものように抱き上げられて寝室に連れ込まれた。

ベッドに落とされた途端、獣のように覆い被さり荒々しく口腔《こうこう》を貪られる。

「……ん……ふ……んぅ」

肉厚の舌を喉の奥まで差し込まれて、敏感な粘膜をくすぐられた。思わずひくつく奏多の舌を器用に搦《から》め捕り、根元から扱くようにしてきつく吸い上げる。

じんと甘い痺れが脳髄まで駆け上った。口内を余すところなく舐めとかされて、ぞくぞくする。執拗なほどいやらしく動き回る舌のせいで、体に力が入らない。荒々しく貪るかと思えば、優しくとろかされ、博臣のキスは腹が立つほど上手かった。

短い息継ぎの間すら惜しいとばかりにがっつく博臣の肩を、なけなしの力で押し返しどうにか止めた。

「はあ、はあ……お前、手慣れすぎ……っ」

生理的な涙が浮かんだ目で睨みつける。

「どれだけ場数踏んだら、そんないやらしいキスができるんだよ」

奏多ほどではないが、息の上がった博臣が心外そうな顔をした。

「付き合いで、人並み程度だ。そっちだって、初めてじゃないだろ？」

「そりゃまあ、そうだけど……」

だが、奏多と比べたら明らかに数が違うだろう。博臣は付き合いでと嘯《うそぶ》いたが、これだけ揃った男だ。女性が放っておくはずがない。中には婚約者候補もいたのではないかと疑ってしまう。

「お前さ、今更だけど本当にいいのかよ」

博臣が怪訝そうに首を傾げた。

「何がだ？」

「桐丘《きりおか》グループの大事な跡継ぎだろ。結婚とか、うるさく言われてるんじゃないの？」

「まあ、まったくないといったら嘘になるな。けど、今まで文句も言わずに義父の希望通りに真面目にやってきたんだ。一つくらいワガママを言っても許されるだろ」

「ワガママって、一番大事なことじゃないか」

「俺にだって譲れないものがある」

きっぱりとした声が頭上から返ってきた。愚問だったなと自分を恥じた上で、嬉しさが込み上げる。奏多だって、もうここまできたら、たとえ婚約者だと名乗る女性が出てきたとしてもそう簡単には譲れない。

「それに、将来有望な後継者がいるだろ」

博臣が言った。

「晃太《こうた》だよ。あいつは俺がこれから時間をかけて育てるつもりだ。そんなことより」

顔の両側に手を突くと、じっと奏多を見下ろしてくる。

「お前の恋愛遍歴の方が気になる。お前は、昔から顔はかわいいくせに頑張り屋でめげないところがかっこよかった。それに、優しいだろ？　無自覚に優しくするから、俺みたいなヤツが勘違いして付け上がるんだ。今回だって、そうやって思わせぶりな態度に相手が勘違いした可能性は否定できないだろうが」

鋭く指摘されて、奏多は言葉を詰まらせた。身に覚えのないことだから、肯定も否定もできない。

「良くも悪くも、する方からすれば大した理由はないのかもしれないが、された方にとってはそれによって価値観が百八十度変わることだってあるんだ。嬉しかったら心の支えにするし、悲しかったら恨み続ける。何年経っても忘れられない。ここにいい例がいるだろうが。昔、お前にこっぴどく振られたのに、何で今まで忘れられなかったかわかるか?」

問われたところで、奏多に答えはわからない。博臣もそれを承知で訊ねたのだろう。彼は一つ間をおいて、「高三の秋だ」と、懐かしむように言った。

「放課後、俺は忘れ物を思い出して教室まで取りに戻ったんだ。そうしたら、通りかかった空き教室から声が聞こえてきた」

男子生徒数人の話し声がして、博臣は思わず立ち止まったという。というのも、半分開いたドアの先から「紺谷《こんたに》」と自分の名前が聞こえてきたからだった。

彼らの会話は次のように続いていた。

——うちのクラスの変わり者っていえば、ダントツでアイツだよ。スゲェ感じ悪い。体育祭や文化祭の打ち上げも、一回も顔を出したことないし。クラスで超浮いてる。

——そうそう、ずっと一人で本読んでて、俺はお前たちとは違うんだみたいな? そういや、二組の女子がコクったけど即行でふられたって聞いたな。

——紺谷に? あんなヤツのどこがいいんだよ。その女、趣味悪くね?

——まあ、地味だけど顔はいいんじゃねーの? あと背が高い。見かけで騙されるんだよなあ、女って。中身はサイアクなのに……。

——そんなことないって！

嘲笑混じりの陰口に、一人だけ異を唱える者がいた。それが奏多だった。

声を聞いて、博臣は動揺したという。一緒に笑い飛ばされるならまだしも、まさかあの奏多が自分のことを庇《かば》ってくれるとは思ってもみなかったからだ。

——紺谷はそんな悪いヤツじゃないよ。ただ、ちょっと口下手で人見知りが激しいヤツだから、とっつきにくいだけだって。俺、去年同じクラスだったけど、案外面倒見がよくて、面白いよ。打ち上げはさ、本当に都合が悪かったんじゃないの？　あいつ、お母さんと二人暮らしで、家事全般を引き受けてるらしいから。俺らと同い年なのにすごいと思わないか？　自分のことをあまり話さないヤツだから誤解されやすいけど、頑張ってるよ。

「そう言ってくれたんだ。あれはすごく嬉しかった」

博臣が本当に嬉しそうな顔をして奏多を見つめてくる。

その話なら、奏多にも覚えがあった。当時は受験生だったから、放課後になるといつもつるんでいる連中と空き教室に集まって勉強をしていたのだ。

博臣を庇うような発言をしたのは、そんな大層な理由があったわけではない。ただ、事実とは違う話で盛り上がる友人たちに強い違和感を覚えたからだった。奏多も博臣とはいざこざがあったが、人間性まで否定するのは何かが違うと思った。

「あの頃は、母親の再婚も正式に決まって、俺は桐丘の父からいろいろとレクチャーを受けていた時だったんだ」

博臣が当時を思い出すような口ぶりで言った。

「卒業したら就職する予定だったのに、急遽海外の大学を受験することになって、家庭教師までつけられて毎日がいっぱいいっぱいだった。だけど、勉強に没頭してれば奏多のことを考えずに済むし、それはそれで都合がよかったんだ。ふられて一年経っても、まだ気持ちの整理がつかなかった」

「…………」

「あの時、もし奏多があいつらと一緒になって俺のことをバカにしてくれてたら、諦めもついたかもしれない。でも、優しいお前はそうしなかった。あんなふうに俺のことを庇ってみせるから、やっぱり好きで好きでどうしようもない想いが、ぶりかえしてしまったんじゃないか」

「――！」

熱っぽい眼差しに見つめられて、途端に首筋を駆け上がってきた熱が顔中に広がった。カアッと火を噴いたみたいに熱くなる。火照った顔を隠すようにして両腕を交差させる。

「しっ、知るかよ、そんなこと。あの時、お前が俺たちの話を聞いていたなんて、今初めて知ったんだから」

「ああ、そうだよな。でも、だからこそ優しいと言ってるんだ。俺がいないところで、嫌っているはずの俺のことを仲間内から庇ってくれたんだから。こいつを好きになってよかったって、改めて思ったよ」

「……っ」

聞いている方が赤面するほど甘ったるい声が、空中でねっとりと絡み合い、まるで見えない網になって降ってくるようだった。頭の天辺から爪先まで奏多をまるごと捕らえようとしているみたいだ。恥ずかしくてまともに顔が見られない。

「……お前さ、俺のこといつから好きだったの？」

交差した腕の下から問いかけた。博臣が僅かに考えるような間を挟んで答える。

「そうだな。気になりはじめたのは、一年の時、ボールペンを踏み潰されたあれがきっかけだな。それから校内で奏多の姿を探すようになった。二年で同じクラスになって、どうにか近付きたいと思っていたんだ」

「ずっと不思議だったんだけどさ。市営プールでばったり鉢合わせたのって、あれは本当に偶然だったのかよ？」

博臣が黙り込む。奏多は腕の隙間から眇めた目で睨み上げた。

「おい？」

「……当時住んでいた家がプールの近所だったことは話しただろ？　帰り道にたまたま見かけたんだ。奏多が一人で思い詰めたような顔をして建物に入っていくところを。その後は――気づいたら家に走って帰って、押し入れをあさって水着を引っ張り出していた」

「お前、バカだな」

事実を知って呆れた。だが、そのバカさ加減がこれ以上なく愛おしい。素っ気無いイメージとあまりにもかけ離れた必死な十七歳の博臣がかわいくて、胸がきゅんとした。

二十八歳の博臣が、バツの悪そうに眉根を寄せる。

「それくらい必死だったんだ。後にも先にも必死に追いかけたのはお前だけだ」

「そうだよな。こそこそと絵本を描きながら、俺のことをずっと追いかけていたんだもんな？」

にやにやと揶揄うと、顔を覆っていた両腕をいきなりぐっと捕まれた。力任せに腕を開かれて、隠していた顔が露わになる。奏多は焦った。

掴んだ手首をシーツに縫いとめて、博臣が情欲に掠れさせた声で言った。

「そうだよ。ずっと追いかけ続けていたお前をようやく捕まえたんだ。お喋りもいいが、そろそろ限界だ。今はお前と他にしたいことがある」

「な、何……っ、――！」

馬乗りになった博臣がふいにぐっと自分の下肢を押し当ててきた。

借り物のバスローブの上から、恐ろしく固く強張ったそれが奏多の腹筋に当たる。

ビクッとした。同時にカアッと全身の血液が沸騰したみたいに熱くなる。正体を確かめるまでもない。それが何なのかは同じ男の自分が一番よく知っていた。

「……これを早く奏多の中に入れたい」

欲にまみれた低い声で囁かれて、ぞくっとした。

意図を察して思わずぶるりと震える。やはり、この体勢から察するに、奏多が受け入れる側なのだろう。博臣もポジションを譲る気は一切なさそうだ。

頭ではこの先どうなるのかを理解していた。だが、いざ現実を突きつけられると、覚悟を決めたはずの体が怖じ気づいているのがわかる。自分が逃げ場を失い追い詰められた小動物にでもなったような気分だった。目の前で、腹をすかせた猛獣が牙を剥く。

腹筋にごりっと股間をこすりつけられた。

「ちょ、ちょっと、待っ」

ぎょっとして、反射的に体が逃げを打つ。だが、両手首を捕らえられているため、シーツの上で腰が浮いただけだった。

踵を蹴った拍子に、思った以上に腰が浮き上がり、覆い被さっている博臣の下肢に自分の股間をぶつけてしまう。

「……誘っているのか？　積極的だな」

「い、今のはちっ、ちが……っ」

奏多は羞恥に身悶えた。咄嗟に上手い否定の言葉も出てこない。

ぶつかりあった股間は、片方だけが昂ぶっているわけではないことを曝《さら》してしまったからだ。最初の濃厚なキスで、すでに奏多の下肢も先を求めて兆しはじめていた。

「俺だけが暴走しているのかと思ったが——よかった。お前も同じで」

明らかに隆起した奏多の股間をちらっと見下ろして、博臣がニヤリと笑った。

カアッと全身が火照る。身を捩る暇もなく、博臣の大きな手のひらがバスローブをかいくぐり、奏多の肌を撫でまわしはじめた。

ぞわぞわっと鳥肌が立つ。

ぎこちなさの感じられない動きからは、彼の経験の豊富さが垣間見える。ほんの少しだけ嫉妬めいた気持ちが込み上げてくる。

「……あっ」

胸の尖《とが》りを指先で弾かれて、奏多はびくっと体を強張らせた。

男性とどうにかなるのは初めてだが、人肌のぬくもりは共通だ。久しぶりに他人の肌と触れ合って、じわじわと下肢に覚えのある熱が溜まりだす。

普段は気にもしない飾りのようなそこを執拗に弄られた。指だけではなく、舌まで使って嬲《なぶ》られる。ピチャピチャと唾液を絡ませる卑猥《ひわい》な水音とともに、くすぐったいようなもどかしい疼《うず》きが生まれ、それは胸から周辺へとチリチリと飛び火のように広がってゆく。

硬く凝った乳首をぎゅっと摘まれた途端、ビリッと強烈な痺れが脳天まで貫いた。

「あっ……んぅ」

とても自分のものとは思えないような甘ったるい声が、半開きの口から漏れる。咄嗟に唇を噛み締めた。だが歯を立てた柔らかな唇に、博臣の指先が咎めるようにして触れてくる。いやらしく輪郭をなぞるように撫でられると、ぞくぞくっと背筋が震えた。

思わず噛み締めていた唇が開き、その隙をついて長い指が口内に潜り込んでくる。

「んぐ……っ」

二本の指で敏感な口蓋を擦られた。味覚が捉えた微かな香りはボディソープだろう。舌でも散々舐られた箇所を、今度は卑猥な動きの指先が揶揄うみたいにまさぐってくる。同時に胸の尖りにも刺激が与えられた。小さな突起をくりくりと指の腹で押し潰されるように弄られたかと思えば、摘まんで強く引っ張られる。

周辺の肌が引き攣り、痛みにひくりと喉が鳴る。だが、それ以上にじくじくと甘い疼きが乳首の奥深くから湧き上がってきて、背中を浮かせながら甲高い嬌声《きょうせい》が鼻から抜けた。

「感じやすいんだな。ここを弄られると気持ちいいのか？」

奏多を組み敷く博臣が、楽しげに乳首を弾く。

「んんっ」

「それとも、こっちの方か？」

銜《くわ》えさせられた二本の指が、中で舌を巻き込み、強引に捻るようにして口内を掻き回してきた。

「ふう……ん、ん、んんっ」

口の両端から唾液がこぼれ落ち、それを博臣が舌を突き出してべろりと舐め啜る。ざらりとした舌の表面で大胆に顎から頬にかけて舐め上げられると、ぞくぞくした。興奮が下肢に直結する。

気づくと、内側から頬肉をくすぐっている長い指に自ら舌を絡ませていた。指に唾液を塗りこめるようにして丁寧に舐める。二本の指で舌を挟まれ、軽く引っ張られると、ビリッと微電流のようなものが全身を駆け巡った。

鼻にかかった甘い吐息を漏らし、夢中で指を舐めしゃぶる。

奏多が舌を伸ばして吸い付こうとすれば、博臣は意地悪く指を引き抜いた。唇から抜け落ちるぎりぎりのところで留まり、奏多が物欲しそうに喉を鳴らすのを待って、再び奥まで押し込んでくる。二本の指が敏感な粘膜を淫らに掻き回す。まるでセックスそのもののように、指が口の中をクチュクチュと行ったり来たりを繰り返した。

「エロい顔だな。体も酷く感じやすい」

指の腹で乳首をすり潰すように捏《こ》ねられて、奏多はびくびくっと背中を跳ね上げる。

「よくこれで今まで無事だったな。リサイクルショップの店員のように、お前に興味を持って近付いてきた男がこれまでもいたんじゃないか?」

「……ん、んんっ」

奏多は懸命に首を左右に振った。汗で額や頬に張り付いた前髪が蜘蛛《くも》の巣をひっかけたようで気持ち悪い。仕事を通じて知り合ったソッチ系の人たちに遊び半分で誘われたことはあっても、正面切って告白してきたのは博臣だけだった。ましてや男に口の中や胸を弄られるのは、これが初めてだ。

銜え込んだ指がくっと角度を変えて口蓋を擦りはじめた。敏感な部分をくすぐられて、ぞくぞくっと愉悦が込み上げてくる。口の中だとここが一番弱い。それを知っていて、博臣は執拗にそこばかりを狙って指を動かし続ける。

あんなかわいらしい絵本を描く優しくてロマンチストなイメージとは真逆で、ベッドでの博臣は想像以上に意地が悪かった。

口腔への指の抜き差しを続けながら、乳首を弄ることも忘れない。

あれほど口蓋を虐めて悶えさせたくせに、今度はわざとそこを避けるかのように頬肉や舌ばかりを戯れみたいにつついてくる。じれったくて、思わず奏多は博臣の指にカリッと歯を立てた。

「……っ」

一瞬、博臣が面食らったような顔をする。しかし、すぐさま楽しげに唇を引き上げた。

「悪いな。こっちがもうこんなになっているのに、放っておいたままなのを怒っているんだろう？」

胸をまさぐっていた手が、ゆっくりと腹筋を撫で下ろし、下腹部に伸びた。すでに腹につくほど反り返っていた奏多の中心をぐっと包み込む。

「――んあ！」

強烈な快感に襲われて、目の前に火花が散った。

口に指を差し入れたまま、博臣の手がゆるゆると屹立《きつりつ》を扱きはじめた。指先が滑っているように感じるのは、自分の体液のせいだろう。膨張した先端からは、まるで泣いているかのように先走りがとめどなく溢れ出していた。

浮き上がった血管をとろとろと蜜がなぞりながら滑り落ちる。それを掬《すく》い取るようにして長い指が緩急を付けた動きで扱き上げる。

一気に覚えのある熱が腰に集中しはじめた。早くも強い射精感が込み上げる。

「ん、ふう……んんっ、ぅんん！」

腰を突き上げ、解放感に浸りかけたその時、ふいに激しい愛撫が止んだ。

「……？　んぐぅっ！」

次の瞬間、ズキズキと疼く根元を博臣がぎゅっと指で締め付けてきた。

敏感な箇所へ与えられた鋭い痛みに、奏多はびくんと思わず腰を跳ね上げた。その拍子にずるりと口の中から指が引き抜かれる。唾液でベタベタにまみれた二本の指が、視界の端を透明な糸を引きながら遠退いてゆく。

懸命に喘ぐようにして、新鮮な外気を急いで肺に取り込んだ。呼吸はいくらか楽になったものの、腫れ上がった股間の疼きは収まらない。飼い主の気紛れでお預けを食らうペットの気分だ。博臣の意図がわからず、奏多は内股を擦り合わせながら懇願するように彼を見上げた。

「……博臣、何で……頼むから、んっ、そこ……あ！」

博臣の手が股間から離れ、奏多の両脚を大きく割った。みっともないほど開かされた脚の間に、博臣が自らの体を滑り込ませる。軽く膝を立たせた恰好は、恥ずかしい箇所がすべて丸見えだ。

検分するような鋭い眼差しに晒される。どこも触れられていないのにハアハアと勝手に息が上がり、行き場をなくした射精感がまたぶりかえしてきた。

「今にもはちきれそうなくらいガチガチに硬くなっている。そのくせ怯えたようにピクピクと震えて、だらだらと涙まで流して——かわいすぎて、もっと意地悪したくなるな」

「やっ、やめ……お前、そんなヤツじゃなかっただろ……い、意地悪、するな……」

「そんな潤んだ目で睨まれると、意地悪もしたくなる」

博臣が唇を引き上げて、再び膨張した屹立の根元を掴んだ。

「ひっ」

意地が悪いにもほどがある。奏多は泣きそうになった。ドロドロに溜まった熱を一刻も早く放出したいのに、流れを堰《せ》き止められては、苦しくて苦しくて仕方ない。枷《かせ》からどうにか逃れようと必死に身を捩った時だった。

腕でぐっと脚の付け根を押さえつけた博臣が、何を思ったのか体液でべとべとに濡れた奏多の性器に口づけてきたのだ。突き出した熱い舌の表面でざらりと舐め上げ、そして一気に銜え込む。

「！」

ねっとりと生温かい粘膜に包まれ、強烈な快感が全身を駆け巡った。奥深くまで銜え込まれると、瞬く間に悦楽の奔流が迫り上がってくる。しかし、根元が締め付けられているせいで、いまだ射精をさせてもらえない。

博臣は奏多の股間に頭を埋めたまま、更には後孔にまで手を伸ばしてきた。

散々奏多が舐めしゃぶった指を固く閉ざした窄《すぼ》まりにあてがう。たっぷりとまぶした唾液が潤滑剤の役目を果たし、指先が強張る襞《ひだ》を掻き分けてぬるりと押し入ってくる。

初めて経験する異物感にびくりと体が痙攣《けいれん》した。自分でも触れたことのない場所を、節張った指がぬるぬると抽挿を繰り返す。気持ちの悪さが先立ち、思わず腰が逃げを打とうとした瞬間、じゅるっと強い吸引力で前を刺激された。

「ひっ、ああっ」

自分の性器が博臣の口の中に捕らわれていることを思い出した。

弛んだ後孔に二本目の指が差し込まれる。圧迫感が強くなり、苦しいと思った途端にまた性器を刺激された。博臣の黒々とした頭部が激しく上下するのにともなって、後ろを掻き回す指の動きも一層淫らになってゆく。

「……はあっ、うっ……は、離して……も、無理……っ」

下肢に溜まった狂おしいほどの熱が今にも破裂しそうだ。

博臣の口淫は上手すぎた。巧みな舌使いによって与えられる快感は、しかし度を超せばただただ苦痛なだけで、喘ぎすぎて意識が朦朧《もうろう》としてくる。

「あっ、あ、ぅっ……くっ、お願い、イキたい。イカせて」

ピクッと一瞬、博臣の動きが止まった。奏多の訴えが通じたのか、直後、屹立の根元を締め付けていた指の輪がいともあっけなく外される。堰き止められていた熱の塊が、一気に先端目掛けて流れ込んできた。

「ふ……ん、んぅ……ぁ…あ、あ…ンっ」

枷は外れたが、口淫は続いていた。じゅぶじゅぶと卑猥な水音を響かせて、博臣の頭部が一層激しく上下する。後ろに埋め込まれた二本の指も、ばらばらと不規則に粘膜を掻き回す。感覚が麻痺してしまったのか、最初は嫌悪した異物感もさほど気にならなくなっていた。むしろ中を擦られることに快感を覚え始める。

前も後ろも責められて、あまりの気持ちよさにすぐに限界が訪れた。

「も、もう出る、から……口、離して……っ」

性器を舐め溶かされてしまうのではないかと恐怖するほど、ねっとりと舌を絡みつかせてくる博臣の頭を、力の入らない手で弱々しく押しやった。だが、彼は奏多を深く飲み込んだまま、一向に離れる気配を見せない。

「あ、ン、ダメだ……はあ、博臣、ダメだって……ふっ、い、いい加減、離れ……」

その時、鉤状《かぎじょう》に折り曲げた指が内側のある一点を押し上げた。瞬間、ビリッと感電したかのような鋭い快感が背骨から脳天まで一気に貫く。

「――ああっ！」

奏多は堪らず腰を跳ね上げて、博臣の口の中に精を放った。ごくりと博臣が何度かその逞しい喉を上下させる。

最後の一滴まで全部搾り取って、ようやく博臣は体を起こした。後ろに埋め込まれていた指も引き抜かれる。出て行く時、射精後の敏感な粘膜を引っ掻くようにされて、小さく喘いだ。

「……飲んだのかよ」

脱力しきった四肢を投げ出し、奏多は信じられない思いで博臣を見上げる。涙の溜まった目に、まだバスローブを纏ったままの男の上半身が写った。

「ああ」博臣が頷く。「夢が一つ叶った」

にやりと人の悪い笑みを浮かべ、見せつけるようにして濡れた唇をべろりと舐め取る。

「奏多の精液はこんな味をしているんだな。美味かった」

「――――！」

奏多は顔がカアッと火を噴いたように熱くなるのを感じた。博臣が本気で言っているのが益々いたたまれない。

「もう一つの願いを叶えてもいいか？」

しゅるりと衣擦れの音がし、博臣がバスローブを脱ぎ捨てた。

「は？　もう一つって……あっ」

返事を待たずに、博臣がいきなり奏多の両脚を抱え上げる。胸に膝がつきそうなほど折り曲げられた。大きく開いた脚の間に熱い切っ先があてがわれる。直後、息ができないほどの圧がかかった。

「待っ……あっ、い、痛っ……あ、あ……くうっ」

指とは比べものにならない圧倒的な質量が突き刺さる。もともと排泄《はいせつ》するためだけの器官は、めりめりとまるで人体が発するものとは思えない音を響かせ、今にもそこから真っ二つに引き裂かれてしまいそうだ。

「……くっ、きついな。奏多、少し力を抜いてくれ。これじゃあ、半分も入らない」

「そ、そんなこと、言われても……っ」

無茶を言うなと思う。初めての行為なのだ。はしたなく割られた両脚の間に男の雄を埋め込まれた状態で、どうやって力を抜けばいいのかわからない。博臣が少し腰を進めただけで、苦しいほど迫り上がってくる圧迫感に思わず唇を噛み締め息を詰める。

「呼吸を止めたら余計につらいぞ。ゆっくりでいいから、息をしてくれ」

宥められて、奏多は懸命に喘ぐ。ぎちぎちに押し広げられた粘膜は、異物の侵入を阻むかのように膨張した博臣をきつく締め付けていた。低く呻いた彼も、相当つらいに違いない。どうにか体の力を抜こうと、必死に息を吸って吐く。苦しさを紛らわせるため、もがくように宙を掻いた手をふいに博臣が掴んだ。そのまま自分の首に回す。安定した支えを見つけた奏多は、無我夢中で腕を引き寄せ逞しい首にしがみついた。

「……あっ……っく、はぁ……ん……んぅ」

後頭部や背中をあやすようにさすられ、ゆっくりと時間をかけて体を開かれる。ようやく根元まで埋め込み、尻臀《しりたぶ》に硬い腹筋の感触が当たった。

「奏多、全部入ったぞ」

「……っ、ん」

こくこくと頷くだけで精一杯だ。奥深くまで男の膨れ上がった情欲で満たされている感覚に眩暈がした。引き攣った粘膜が逞しい博臣に張り付き、改めてその大きさを知る。下腹部からドクドクと脈打つ音が伝わってきて、息を整える側から新たな興奮が湧き上がってくる。本当に博臣とつながっているのだと実感する。

博臣が僅かに身じろぎをし、先端に押し上げられた敏感な最奥がじんと甘く痺れた。

ぞくっとして、思わず軽く腰を揺らめかせる。

「……博臣」

ねだるような媚《こ》びた声に自分自身驚いた。だが、もう我慢できない。挿入の苦痛で一旦萎えた股間が、再び首を擡《もた》げている。

優しく抱きしめ、額や頬にキスの雨を降らせながら奏多が落ち着くまで辛抱強く待っていた博臣が、ゆっくりと瞬いた。

間近で視線が交錯する。奏多の無言の要求を察し、博臣がタイミングを見計らって腰を揺すった。

「うあっ、あふ……ぁん、んっ」

様子見のように慎重に腰を引き、軽く突き上げる。

もう痛みはほとんどなかった。それどころか、じんじんと腫れぼったい粘膜を擦り上げられる快感に陶酔してしまう。まさかこれほどまでとは思わなくて、奏多は博臣と擦れ合うたびに湧き上がる堪えきれない疼きに身悶えた。

初めての博臣とのセックスは、彼との関係を確かなものにしたくて、正直にいうと快楽は二の次だと思っていた。ゲイの知人からその辺りの事情を聞いたことがあるので、多少の知識があったせいもある。男同士では、当然受け入れる側の負担が大きい。慣れないうちの苦痛は仕方ないのだ。それは覚悟の上だった。

ところが予想に反して、次々と愉悦の波が奏多の敏感な体に襲い掛かる。

裸の背中にしがみつき、気持ちよさそうに嬌声を漏らす奏多を見て、博臣も確信したのだろう。ゆったりとした動きは次第に速まり、本格的に責め立てる激しい律動に変わっていった。

「あ、あ、ああっ」

大胆な腰の動きに翻弄される。熱した鉄杭《てっくい》のような太いもので浅く深く、特に奏多の反応が顕著な部分を狙って何度も突き上げられた。

「あうっ、あ、あ、あ」

「奏多の中は、想像以上に凄いな……とろけそうに熱くて、うねうねと絡みついてくる」

息を乱し低い喘ぎ声を挟みながら、博臣が一層激しく腰を打ちつける。入り口の粘膜が捲れ返るほどぎりぎりまで引き抜き、一気に最奥まで貫かれた。強烈な快感に一瞬意識が飛びそうになる。

「奏多、好きだ」

「あ、あ、ぁんぅ……し、知ってる……っ」

激しい突き上げに合わせて、自らも腰を揺らめかせた。貪欲に快楽を求めようと勝手に体が動く。

「奏多、愛してる」

情欲に濡れた声で囁かれた瞬間、胸いっぱいに甘い綿を詰められたみたいに苦しくなった。思わず後ろに力が入り、博臣を締め付けてしまう。うっと艶かしく呻いた彼の首をなけなしの力で抱き寄せた。

「ふ……ぁ、俺も、お前を愛してるよ。じゃなきゃ、初めてなのに、こんなに気持ちよくなれない」

「――奏……んんっ」

目の前の肉感的な唇に咬《か》みつくようにして口づける。歯列を割り舌を差し入れて、捕らえた彼のそれにねっとりと絡ませた。だがすぐに舌ごと押し戻されてしまう。場所を奏多の口腔に移し、今度は逆に激しく舌を搦め捕られた。

悔しいが、やはり博臣のキスは極上だ。とろけるほどに濃厚な口づけを交わしながら、博臣は浮き上がった奏多の腰を抱え直し益々激しく揺さぶってくる。

振り落とされないように、奏多も必死にしがみついて舌と脚を大胆に絡めた。

「んぅ、ふ、んんっ」

密着した硬い腹筋がはちきれんばかりの勃起をごりごりと擦り上げる。最奥を一際強く突き上げられた瞬間、下腹部に溜まっていた熱の塊がドッと噴き上げた。

「ん、んん――――！」

びくんびくんと痙攣しながら、大量の白濁を撒き散らした。吐精後の敏感な粘膜が激しく収斂《しゅうれん》を繰り返す。その刺激に引き摺られるようにして、博臣も全身を強張らせた。骨が軋《きし》むほど強い力で抱きしめられる。直後、夥《おびただ》しい量の熱い精液が体内に注ぎ込まれた。


「何だこれ？」

シャワーを浴びて、気怠い体を引き摺りながらリビングに戻ると、キャビネットの上に見慣れない物を見つけた。

うさぎのぬいぐるみだ。

今朝まではこんな物はなかったはずだ。先ほどここを通った時にはあっただろうか。記憶にない。

シンプルな濃い茶のキャビネットに不釣り合いなほどかわいらしいそれらは、当たり前のように白黒揃って仲良く寄り添い並んでいた。

しかも、白うさぎはウェディングドレスを、黒うさぎはタキシードを着ている。

「……何だか、すごく見覚えがあるんだけど」

その時、カチャとドアが開き、バスローブ姿の博臣が入ってきた。濡れた頭を拭きながら、キャビネットの前に立ち尽くす奏多を不思議そうに見てくる。

「どうした?」

「お前こそ、こいつらどうしたんだよ」

振り返って訊ねると、博臣が「ああ」と頷いた。

「かわいいだろ?」

二十八の男が、ぬいぐるみを前に恥ずかしげもなく目尻を下げて言った。

「こういうのが得意な知人がいるんだ。ほら、この前、ドライブに行っただろう? お前がポプリ作りを習った人だ」

「ああ、あのお姉さん」

まだあれからひと月も経っていないという事実に驚かされる。もう随分と昔のことのようだ。

「その人に頼んで作ってもらったんだ」

「作ってもらったって……これ、書斎のコルクボードに貼ってあったイラストのまんまだよな?」

「そうだ。姉貴からドレスのデザイン画を入手して、細部にまでこだわって作ってもらったんだ。なかなかの出来栄えだろ」

満足げに博臣が鼻を鳴らす。奏多は呆れた。

いよいよ絵に描くだけでは物足りなくなってしまったのだろうか。カーテンやエプロンの件もあるし、今後も絵本の中の妄想を現実にまで持ち込みやしないかと心配になる。部屋中うさぎだらけになりそうだ。

「本当は、お前の花嫁姿を飾ろうかと思ったんだが、さすがに怒られると思ってやめたんだ。それとも、許可してくれるか？」

「ふざけんな。絶対にやめろよ」

「そう言うと思った。だから俺たちの代わりに、こいつらにあの時の衣装を着てもらったんだよ。お前と再会した記念日の思い出だ。今でも奏多の花嫁姿が目に浮かぶ」

ピットを手に取り、博臣が遠い目をする。奏多は半ば呆れつつ、取り残された新郎のラックを腕に抱き寄せた。

博臣の絵本作家としての顔は、ごく限られた一部の人間しか知らない。更に、こんなふうにぬいぐるみまで作って愛でている姿を知っているのは、おそらく奏多ぐらいだ。そもそも絵本を描き始めたのも奏多がきっかけなのだから、博臣の頭の中はどれだけ奏多で埋まっているのかと思う。

「……お前、本当に俺のことが好きだよな」

「何を今更」

博臣が不思議そうに首を傾げた。

「お前は違うのか？」

どこか不安げに問われて、奏多は面食らう。

「……好きに決まってるだろ」

「そうか、よかった」

博臣がホッとしたように微笑んだ。心の底から嬉しそうな声に、きゅんと胸が甘く高鳴る。何だか無性にキスをしたい衝動が込み上げてきた。

チラッと上目遣いに博臣を見ると、待ち構えていたように目が合う。じっと見つめられて、シャワーを浴びたばかりの肌がじりじりと火照りだす。

「そういえば、お前の部屋にあった住宅情報誌は処分したぞ」

「え？」

思わず訊き返すと、博臣が不満そうに言った。

「便利屋としての契約が切れても、もうここを出て行く必要はないだろ？　まさか、すでに引っ越し先を決めたわけじゃないだろうな」

問い詰められて、奏多は慌ててかぶりを振った。

「い、いや、それはまだだけど……」

そういえば物件を探している途中だったことをすっかり忘れていた。いつまでも居候の身でいるわけにはいかない。——そう思う半面、なかなかここから離れる決心がつかなかった。場所というより、博臣から離れたくないのだ。

「俺、このままここに住んでもいいのか？」

「当たり前だろうが。むしろ出て行くと言ったら全力で阻止する」

真顔で言われて、奏多は思わず噴き出してしまった。たとえ姿を晦《くら》ませたとしても、きっとこの男のことだから、あれこれと手を尽くし、結局連れ戻されるに違いない。そんな未来がいとも容易く想像できてしまい、そういう自分を酷く幸せだと思った。

「一度離れて、また出会えたんだ。二度は離れたくない」

「うん、俺もだよ」

笑って即答できた。

一瞬、無言で見つめ合う。二人の間を流れる空気がふっと濃密になり、どちらからともなく顔を寄せ、口づける。

キャビネットに戻した黒うさぎがころんと傾いて、まるで示し合わせたように白うさぎにキスをした。

永久就職、所望します!

「どうかな、ここの料理は」

ナカガワ重工グループ社長の中川《なかがわ》が、ワイングラスを傾けながら訊いてきた。

博臣《ひろおみ》は手を止めて頷く。

「ええ、とても美味しいですね」

本場フランスの三ツ星レストランで修行を積んだシェフの作る料理は、どれも味もさることながら見た目も独創性に溢れている。中川の行きつけらしいが、さすが自らを食通と豪語するだけのことはある。通された個室は午後の陽射しが差し込み、客を照らさないよう窓の位置や奥行きが絶妙なバランスで設計されていた。ゆったりと贅沢な空間と、窓の外に広がる瑞々《みずみず》しい竹林が爽やかな涼しさを演出している。

中川は気をよくしたのか、友人のシェフとの食にまつわる思い出話を意気揚々と語り始めた。

五十も半ばを過ぎている彼は、年齢よりも若々しい見た目の上、服装にも随分とこだわりがあるようだ。年中日に焼けた肌に髪も黒々とボリュームがあり、ロマンスグレーが渋いと我が社の女性社員から人気の高い義父と同世代とはとても思えない。ナカガワ重工とは桐丘《きりおか》グループの前社長、つまり義祖父の代からの付き合いである。博臣が中川に初めて会ったのはまだ学生の頃だった。うちの跡継ぎだと桐丘が彼に紹介してくれたのだ。

休日の昼間、ここに招かれたのは完全なプライベートだった。

もう一つ席が用意されているが、そこは空席のままである。食事中、何度か中川が席を立ち電話をかけていたようだが、どうも遅れているようだった。渋滞か何かに巻き込まれたのだろう。戻ってきた中川は適当に話をはぐらかしていたが、明らかに焦っていた。

デザートは透明な器に盛り付けられたチョコレートムースだ。

泡立てたホワイトチョコレートソースをかけて食べるもので、見た目もかわいらしい。一口食べて、博臣はほうと頬を弛ませた。ムースの中から溢れ出した濃厚なチョコレートソースはほろ苦く、甘いホワイトチョコと混ざるとまた別の味が楽しめる。これはあいつが好きな味に違いない。ムースを口に含みぱあっと笑顔になる彼の姿を想像し、思わず脂下がってしまった。今度、彼を連れて一緒に来ようと思う。

すでにデザートを食べ終わり、中川の話もそろそろネタがつきそうだった。

中川は話しながらもしきりに時間を気にしている。博臣も腕時計を確認した。——そろそろか。

「申し訳ありません。私はこれで失礼します。今日はごちそうさまでした」

「えっ！」

腰を上げた博臣を、中川が慌てたように引き止めた。

「ちょ、ちょっと待ってくれ、博臣くん。もう少しだけいいじゃないか。実は今日、もう一人呼んであったんだ。一緒に食事をしようと思っていたんだが、どうも途中で事故があったようで渋滞しているみたいでね。あと十分もあれば到着するはずなんだが」

「そうでしたか。しかし、申し訳ありません。私も、このあと約束がありまして」

ちらっと目線を窓の外へ向けた。中川も釣られるように首をめぐらせる。

竹林の青々とした葉を透かした先、石畳のアプローチをうろうろしている一人の女性の姿が見えた。腰まである艶やかな黒髪に、涼しげな白いブラウスと夏素材のフレアスカート姿の若い女性。博臣は心の中でにやりとほくそ笑む。

「ああ、到着したようですね。待っているようにと言っておいたのですが、入ってきてしまったようです。向かいのカフェと間違えたのかもしれません。暑い中を待たせるわけにはいきませんから、私はもう行きます。今日は本当に美味しかったです。シェフによろしくお伝え下さい。ごちそうさまでした」

「ひ、博臣くん！」

中川が窓の外を指差し、焦ったように訊いてくる。

「あの女性は、一体誰なんだ？」

すでに踵を返しかけていた博臣は、にっこりと笑みを浮かべて答えた。

「私の大切な人です」

失礼しますと一礼して、部屋を後にする。中川はぽかんとしていた。

食事に同席するはずだった相手は、彼の愛娘であろう愛華《あいか》だろうことは察しがついた。三人兄妹の一番下の娘で、現在都内有名私立大学に通う四年生。以前に一度だけ会ったことがあるが、その時はまだ高校生だった気がする。おそらく、中川の狙いは博臣とその末娘を会わせることだったはずだ。ところが予期せぬ渋滞のせいで、彼女の到着が遅れた。これは博臣にとって運がよかった。中川との食事は断れず、さて彼らを相手にどうやって逃れようかと秘書の黒須《くろす》も巻き込んでいろいろと計画していたのだが、おかげで難なく退室できた。

更に、中川には遠目にだが博臣の恋人を紹介できたことだし、結婚やら何やらの厄介話もしばらくは出ないだろう。ついでに彼が適当に噂を振り撒《ま》いてくれれば好都合だ。

急いで店を出た。

夏の白い陽射しが目を射る。まだ石畳の上で不安そうに行ったり来たりを繰り返している彼女——のふりをした彼を見つけた。

「あれ？　ここでいいんだよな？」

清楚《せいそ》な外見からは想像もつかない低い声でぶつぶつ言いながら、手元の紙を睨みつけている。

「店に入らずに待ってろってどういうことだよ。しかも女装までさせて。くそっ、この暑いのにあのヘンタイめ……」

「せっかくの清楚美人が台無しだぞ」

声をかけると、奏多《かなた》がビクッと文字通り飛び上がった。バッと振り返り、目が合うとキッと睨みつけてくる。もともと大きめの目は化粧の魔法で益々パッチリとしていた。

「な、何だよ。脅かすなよ。気配を殺して近付くとか、悪趣味だぞ」

「別にそんなつもりはない。お前が気づかなかっただけだろ」

「気づくように歩けよ。大体、何だよこの手紙！」

長いウイッグを振り乱し、奏多が持っていた便箋を顔の横に掲げた。そこには博臣の筆跡でこう書いてある。

《婚約者代行サービスを所望する。女装希望。遅刻厳禁。》

昨日、史香《ふみか》に預けたものだった。奏多は今朝からベビーシッターとして四宮《しのみや》家に出向いており、そこで彼女からこれを受け取ったはずだ。今日は日曜なので、晃太《こうた》の父親は家にいる。本来ならベビーシッターは必要ないが、そこを姉夫婦に協力してもらったのだ。史香もせっかくの日曜だが仏滅のため、結婚式場のスケジュールはいつもに比べて余裕があるらしい。《女装》の二文字にウキウキしながら二つ返事で引き受けてくれたのである。

黒須に届けさせた衣装一式とメイク道具で、史香好みに仕上げられた奏多は、どこからどうみても黒髪の和風美人だった。花嫁衣装で現れた時も驚いたが、素顔は決して女顔というわけではないのにメイク一つでここまで女性に寄せることが可能なのだなと感心する。

しかし、ぽってりと張り付いたグロスはキスをするのに邪魔だ。そんなことを真面目に考えていると、奏多が便箋を親の仇《かたき》のようにパンパンと叩きながら言った。

「何で俺がこんな恰好をしなきゃなんないんだよ！」

「それは、お前が言い出したことだろ。一昨日のトランプ勝負で、負けた方が勝った方の言うことを何でも一つ聞くという約束だったじゃないか」

「うっ、そ、それはそうだけど……」

奏多が言葉を詰まらせる。

「女装とかさ、急に言われてもこっちも心の準備がいるんだって。晃太くんは、パパが気をきかせて外に連れて出てくれたから見られずに済んだけど、黒須さんには脛毛までじょりじょり剃《そ》られるし、史香さんには乳揉まれるし」

「……揉まれたのか？」

「この立派な胸を見ろよ。凄いよな、シリコンバストだってさ。どうだ、Cカップだぞ」

ヤケ気味にツンとふくよかな胸を張ってみせる。博臣はじっと偽物のCカップを眺めながらその中身が気になった。——試しに奏多の腕を引き寄せ、ぎゅっと抱きしめてみる。

「うわっ、ちょ、ちょっと、何すんだよ！　こんな公衆の面前で」

ぎょっとした奏多が暴れだす。強引に押し付けた胸はそれなりに弾力があった。多少の接触ではこれが偽物とは気が付かないほどだ。最近の女装アイテムの進化には目を瞠るものがある。それを熟知している黒須と史香には少々引いたが、そのおかげで外でも堂々とイチャつけるのでまあ悪くはなかった。

「おい、いい加減離れろよ。店の客がこっち見てるぞ」

「あと少しだけ。実は、逃げ出してきたが、見合いをさせられるところだったんだ」

「え？」と、奏多の抵抗がぴたりと止んだ。

「今もあの竹林の向こう側から俺たちのことを見ているはずだ。お前が時間通りにここをうろついていてくれて助かった。縁談を断っても、たまにこんなふうに無理やり席を設けようとする人もいるからな。どうも今日の食事会は嫌な予感がしたんだ」

「……そうか。それで、婚約者代行サービス……」

博臣の腕の中で奏多が納得したように頷く。

個人的な話をすれば、博臣は奏多とのことを今すぐ公にしても構わないと思っている。その覚悟はとうにできている。だが、自分一人の判断で身勝手な行動は起こせないことも重々承知していた。奏多も理解してくれている。だからこそ、博臣の口から縁談や見合いという単語が出ても、仕方ないよなと訳知り顔で流してくれるのだ。本音はもっとヤキモチをやいて怒ってほしいのだが——物分かりのよすぎる恋人というのも少し寂しい。最近では、この立派過ぎる肩書きが煩わしいとすら思ってしまう。

「なあ、もうそろそろいいんじゃないの?」

じっとおとなしく抱きしめられていた奏多が、もぞもぞと居心地悪そうに身じろいだ。

「ここレストランなんだろ? 客の目が痛い。恥ずかしいから早く出るぞ」

照れ臭そうに両手を突っ張り、奏多が離れてしまう。名残惜しく思いながらも、博臣はさっさと歩いて行ってしまう奏多をおとなしく追いかける。

休日の繁華街は賑《にぎ》わっていた。

履き慣れない黒のウェッジソールサンダルは歩きにくそうだ。博臣は人込みに呑まれそうにしている奏多の肩をさりげなく抱き寄せる。奏多がビクッとし、周囲を気にするように博臣の手を振り払ってきた。少しむっとして、こちらも負けじと再び肩を抱き寄せる。

「大丈夫だ。今のお前は女性にしか見えないから」耳打ちすると、奏多は一瞬きょとんとし、そういえばそうだったと今度は遠慮なく博臣の腕を掴んできた。「これ、すげえ歩き辛いんだよ」ブツブツ不満を零しながら博臣の腕を支えに体を寄せてくる様子が、甘えてくれているみたいでかなり嬉しい。

腹が減ったと言うので、どこか入れる店を探す。しかし書店の前を通りかかった途端、奏多は急に元気になりコミックの新刊が発売されたはずだと言い出した。

「腹が減ってるんじゃないのか」

「減ってるけど、ちょっとだけ寄っていこう。すぐだから」

奏多が組んだ腕をねだるようにぎゅっと引いて寄越す。そんなかわいい仕草をされると爪先はあっさり書店へ向いた。

博臣は小説やビジネス書は読むが、漫画はほとんど手に取らない。

奏多はその逆で、彼の本棚に並んでいるのはコミック本ばかりである。一緒に住み始めてから、博臣も何冊かお勧め本を貸してもらった。

書店に入った途端、奏多は一人で先に進み、ウキウキとコミックコーナーを物色し始めた。新刊の平台を一通り眺めていくつか手に取った後、更に奥へと進んでいく。

博臣も後を追おうとして一歩踏み出した時、背後でドサドサッと重たい音がした。

振り返ると、平積みの本が雪崩を起こして床に散らばっていた。十代らしい女の子二人組が慌てて拾い集めている。どうやらぶつかって落としてしまったようだ。

シュリンク済みの本が床を滑り博臣の足元までおよんでいた。拾って、彼女たちが積み上げた上に載せる。

「ありがとうございます」

二人が振り返る。片方の子が抱えていた漫画の表紙が目に入り、おやと思った。見覚えがあると思えば、奏多の本棚にも並んでいるタイトルだ。先日、博臣も借りたばかりだった。確か少年漫画のはずだが、女の子にも人気があるらしい。

同じ漫画を読んでいる者同士、俄に親近感が湧く。思わずにっこりと笑いかけると、彼女たちが「え?」というふうに目を丸くした。

その時、すっと横から手が伸びる。拾いそびれていたのだろう、脇の通路から現れた別の人物が最後の一冊を積み上げた本の一番上に載せた。

「あ、ありがとうございます」と、我に返ったように彼女たちが礼を言う。奏多は軽く会釈をすると、くいっと博臣の袖を引いた。ついて来い、という意味らしい。博臣はおとなしく従う。後ろで「あれって、やっぱり彼女かな」「美男美女だよね」と、小声で交わす二人の会話が聞こえた。

コミック売り場から離れると、奏多が胡散臭そうな目で睨みつけてきた。

「お前、何やってんだよ」

「何が？」

「あの子たち顔が真っ赤だったぞ」

「？　そうだったか？」

首を傾げると、奏多がため息をついた。

「お前は気にしてないかもしんないけどさ、顔のいい男が笑った時の破壊力ってスゴイんだぞ。強烈。あんまり無自覚にニコニコすんな。女子高生相手にフェロモン振り撒いてどうすんだよ。あの子たち、お前のこと見つめてうっとりしてたし」

「………………」

「おい、聞いてるのかよ」

「もしかして、妬いているのか？」

「はあ⁉」

途端に、目元をカアッと赤らめた奏多が、あたふたしながら掴んでいた博臣の袖を乱暴に離した。

「な、何言ってんだよ！　そんなわけないだろ、俺はただ忠告してやっただけだ！」

フンとそっぽをむいて、一人先に歩いて行ってしまう。何だそうだったのかと、博臣は気づいてしまった。桐丘の名前と関係ない場所では、奏多も人並みにヤキモチを焼いてくれるらしい。そうかそうか。込み上げてくる笑みを押し留めて、大股で後を追う。ウイッグから覗くかわいらしい耳が、後ろから見ても赤く染まっている。それに気づいた自分が周囲の目も気にせず盛大に脂下《やにさ》がるのがわかった。かわいい。今すぐ抱きしめたい。

「あ」と、奏多がふいに足を止めた。

真っ直ぐレジに向かうかと思えば、急に進路を変える。左の通路に曲がった奏多に博臣もついていく。どこに行くのだろうか。

辿り着いたのは絵本コーナーだった。

奏多が立っている目の前には、見慣れたキャラクターたちが並んでいる。白うさぎと黒うさぎ。ピットとラックシリーズだ。

「何だよ、新刊が出てるじゃん。何で教えてくれないんだよ」

奏多が恨めしそうに博臣を見た。

「……言おうと思っていたが忘れていた」

「忘れるなよ。これってお星様の話だよな。晃太くんのも買っていこうかな。あ、でもパパに買ってもらってるかも。かぶっちゃうとマズイしなあ」

「うちに見本で送られてきたのがあるぞ。欲しいならそれをやる」

「いい。このシリーズは自分で買うって決めてるから。へえ、あの下描きがこんなに綺麗な絵本になるんだな」

奏多がきっぱり断り、感慨深げに捲りはじめた。博臣は手持ち無沙汰になり、普段はゆっくり眺めることもない絵本のタイトルを端から順に目で追ってゆく。

「あれ?」と、奏多が小さな声を上げた。

「最後のページ、こんな文章あったっけ？」

博臣は隣から覗き込んだ。迷子の星の子が帰って行った空を、ピットとラックが見上げている場面。

「ああ、それは後から付け加えたんだ」

「そうなのか？　ふうん、相変わらず仲良しのチビうさぎたちだな」

ぼそっと奏多が照れ臭そうに呟いた。ピットとラックが見上げる夜空には無数の星が輝き、流れ星も描かれている。

「こっちの大きい黒うさぎも、それと同じことを思ってるぞ」

「――――！」

奏多が弾かれたようにして博臣の方を向いた。目元にパッと朱が広がる。

「……何だよ、それ。プ、プロポーズみたいに聞こえるんだけど」

「俺はそのつもりだけどな」

いよいよ奏多の顔が真っ赤に染まった。ここが家なら即行で押し倒しているところだ。

「次は、こいつらにもウェディングドレスとタキシードを着せてみるか」

「バ、バカ」

奏多が軽く蹴りを入れてきた。

「そんなこと絶対にするなよ。お前の爛《ただ》れた妄想を絵本の中にまで持ち込むな。ピットとラックは仲良しなの。それ以上でも以下でもないのがこいつらなんだよ」

「じゃあ、俺たちは？」

「は？」

奏多が一瞬押し黙る。博臣はじっと彼を見つめた。赤面したまま奏多が慌てふためき、一歩後退る。思わずといったふうに周囲に首をめぐらせ、誰もいないことを確認すると、上目遣いに見上げてきた。恥ずかしそうにぼそぼそっと言う。

「……大きい方の白うさぎも、こいつらと同じことを思ってるよ。ウェディングドレスは絶対に着ないけどな！」

パタンと本を閉じて、「これ、買ってくる」と足早にレジへ向かう。視界に入った彼の耳は、やはり熟れすぎたりんごのように真っ赤だった。

博臣は込み上げてくる笑みを必死に堪えながら、絵本を手に取る。

「何年経っても相変わらずかわいくて困るな。ますます惚れる」

紙面の白うさぎの頭を愛おしく思いながら指先で撫でる。それから黒うさぎの頭を撫でて、よかったなと心の中で呟いた。大事に育ててきた愛着あるキャラクターたち。

最初は、留学中に大学の友人に誘われて小さな動物園に行ったのがきっかけだった。そこで出会った一羽の白うさぎがなぜか妙に目につき、眺めているうちにかつての同級生を思い出した。よく見れば、くるんとした愛らしい目や、小さな体の割に食欲旺盛に餌をもぐもぐと食べる姿がどことなく似ている。岩に登ろうとして滑り落ち、だが諦めずに一生懸命手足を伸ばしてぴょこぴょこ張り付いている姿を見た瞬間、間違いないと思った。

そうして気づけば、日々の空き時間をほぼ動物園で過ごしている自分がいた。あいつは今頃何をしているのだろうか。どんな生活を送っているのだろう。勉強の息抜きに、スケッチをしながら妄想に耽るのが楽しみだった。動物を観てはしゃぐ子どもたちの話にも耳を傾けつつ、うさぎの世界が頭の中で広がってゆく。ピットとラックはその時に生まれたキャラクターだ。

無様に散った恋心を、女々しくも絵本の世界に投影し自己満足していた過去の自分を振り返る。まさか十年以上も経って、あの時の恋が叶うとは思ってもみなかった。

この先何十年経っても、博臣の気持ちが色褪せることはない。それだけは自信がある。奏多もそうであってほしい。喧嘩《けんか》をしても、壁にぶつかっても、そのたびに二人で乗り越えて、愛を深めていける関係になりたい。互いを何より大切に想い合う、白うさぎと黒うさぎのように。

博臣はとても幸せな気分で最後のページを捲った。

ピットとラックは　ながれぼしをみあげて　いのりました。
ずうっと　ずっと　いつまでも　ふたりなかよく　いっしょに　いられますように。

あとがき

このたびは『花嫁代行、承ります！』をお手に取って下さってありがとうございます。同級生再会ものが好きなので、とても楽しく書かせていただきました。ロマンチストな次期社長は執着が半端なく本当に紙一重なのですが、そこはイケメンの力でしっかりカバーです。顔がいいとお得ですね。いろいろあった二人の過去と再会してからの恋模様を、みなさまにも楽しんでいただけたら嬉しいです。

この本を出版するにあたって、たくさんの方々にお世話になりました。この場をお借りしてお礼申し上げます。イラストをご担当下さいましたサマミヤアカザ先生。美麗なイラストの数々にうっとりです！　頭の中はメルヘンな世界が広がっているあの博臣《ひろおみ》を、とっても素敵な紳士に描いていただいて感激しました。お忙しい中、どうもありがとうございました。いつもお世話になります、担当様。今回は特に次から次へとご迷惑をおかけしてしまい、本当に申し訳ありませんでした。この本が無事に完成したのも、いつも真摯に対応して下さる担当さんのおかげです。心から感謝しております。

そして最後になりましたが、読者のみなさま。寒い季節ですが、この本を読んでどこか少しでもほんわかしていただけたら、これほど嬉しいことはありません。ここまでお付き合い下さり、どうもありがとうございました！

榛名《はるな》　悠《ゆう》

ずっと一途に想う博臣の気持ちが
愛しくてたまりませんでした…！榛名先生ありがとうございました！

ガッシュ文庫

花嫁代行、承ります!
(書き下ろし)
永久就職、所望します!
(書き下ろし)

榛名 悠先生・サマミヤアカザ先生へのご感想・ファンレターは
〒102-8405 東京都千代田区一番町29-6
(株)海王社 ガッシュ文庫編集部気付でお送り下さい。

花《はな》嫁《よめ》代《だい》行《こう》、承《うけたまわ》ります!
2016年1月10日初版第一刷発行

著 者 榛名 悠 [はるな ゆう]
発行人 角谷 治
発行所 株式会社 海王社
〒102-8405 東京都千代田区一番町29-6
TEL.03(3222)5119(編集部)
TEL.03(3222)3744(出版営業部)
www.kaiohsha.com
印 刷 図書印刷株式会社

ISBN978-4-7964-0812-7